U0079225

培育文化

培育文化

媽媽
請為我活下去
李業澤◎著

國家圖書館出版品預行編目資料

媽媽請為我活下去/ 李業澤著. -- 初版. --
臺北縣汐止市；培育文化，民99.07
面：　　公分. --（勵志學堂：7）

ISBN 978-986-6439-32-2（平裝）

859.6　　　　　99008174

書　　名 ◎ 媽媽請為我活下去
作　　者 ◎ 李業澤
責任編輯 ◎ 王文馨
出 版 者 ◎ 培育文化事業有限公司
社　　址 ◎ 221台北縣汐止市大同路三段194號9樓之1
電　　話 ◎ (02)8647-3663
傳　　真 ◎ (02)8647-3660
印　　刷 ◎ 普林特斯資訊股份有限公司
總 經 銷 ◎ 永續圖書有限公司
地　　址 ◎ 221台北縣汐止市大同路三段194號9樓之1
電　　話 ◎ (02)8647-3663
傳　　真 ◎ (02)8647-3660
網　　址 ◎ www.foreverbooks.com.tw
電子郵件 ◎ yungjiuh@ms45.hinet.net
法律顧問 ◎ 中天國際法律事務所　涂成樞律師
周金成律師
初版日期 ◎ 2010年7月

# 作者序言

之前跟朋友去一個教會，結果那裡有個姊妹幫我禱告。

我之前一直沒有接觸這一類的事情，結果這位姊妹幫我一禱告，我就一直咳嗽，咳個沒完沒了。

她愈禱告，我就咳得愈兇，還開始吐了起來。

「通常這種情況，是你心裡有些不饒恕和苦毒，才會這樣！」這位姊妹和我的朋友都這樣對我說。

我承認我心裡對我的父母是有些小小的怨恨，但是也都不是很嚴重，實在沒想到只要一禱告，這些都會浮現出來，甚至是「吐」出來。

而且說真的，我的父母跟很多人的父母比起來，已經算是好的了，只是有些事情我會感覺有點不公平，父母對其他的兄弟姊妹比較好，但都不是什麼了不起的大

事。

我在寫《媽媽請為我活下去》時，這個題材比起禱告對我有療效多了。故事中的男主角志隆，都可以原諒媽媽，希望媽媽為他活下去，我的怨懟相形之下都是些小事，真的不足一提。

閱讀和寫作就是有這種好處，我們不用經歷那麼艱辛的人生，卻可以把人家的生命經驗拿來讓自己更好。

也希望讀者能夠和我一樣，在讀完志隆的故事後，在心裡跟父母有更深的和好。

# 目次

# 01

# 跛腳媽媽生個胖兒子

醫院裡的嬰兒房張貼了紅色的告示：「賀喜李彩芬女士順利生產出四千公克的男寶寶！」

「長得好可愛喔！」育嬰房裡頭的小護士們妳一言、我一句的說著。

「是啊！長得很熟！是個面貌很成熟的孩子呢！」

「這個小男孩看起來很有福氣呦！」

「啊！好可愛啊！人在睡覺還會笑呢！」

這時候隔著一片玻璃牆、育嬰房外面，也有一位瘦小又跛腳的女人正看著這個小男嬰。

她的眼睛掛了兩條淚水，不是感動的淚水。

這個女人的嘴巴裡喃喃自語著跟護士完全不一樣的話語：「長得這麼好的孩子，為什麼這麼的沒福氣，會生在我們這個家呢？」

這時候，有個富態的太太，穿金戴銀的來到育嬰室外，看到這位瘦小又跛腳的女人，馬上熱情的向前來。

「彩芬，妳在這裡啊！」這位福氣相的太太開口說道。

「大嫂，妳來了。」彩芬也回應道。

「彩芬，妳打算什麼時候把孩子給我呢？」大嫂問道。

「大嫂，我剛剛看到孩子，我真的沒辦法把孩子給妳！」彩芬這麼說著，淚水汩汩的留著。

「妳不要這麼樣子，說話不算話啊！」彩芬的大嫂頓時收起笑臉，有點不悅的說道。

「這是我身上的一塊肉啊！」剛生完產的彩芬哭道。

「我知道，我知道，我剛剛也看到裡面張貼的紅條子，妳生了這麼個胖兒子，一定很辛苦吧！」大嫂可能知道擺臉色解決不了這個問題，她突然從皮包裡頭拿出一個大紅包來。

「這個錢妳先拿著，買些補品養養身子……」大嫂要把這個紅包塞到彩芬的手中。

「這個錢我不能收，孩子也不能給妳！」彩芬又把紅包推到大嫂手上。

「彩芬啊！妳要想清楚！孩子過繼到我們這一房來，他會過得比較好啊！妳不是不知道的！」大嫂繼續勸說著。

「我知道，大嫂說的我都知道，這也是我之前願意答應大嫂的原因，但是，看到孩子後……」彩芬說到這裡，已經泣不成聲了。

「彩芬啊！妳不能這麼自私啊！就因為妳的捨不得，讓妳的兒子沒有辦法在更好的環境成長！」大嫂搖頭說道。

「大嫂，我剛才在這裡看著這個兒子，我想通了！既然他選擇了我當他的媽媽，一定有他的道理！」彩芬說這話時，眼睛都離不開育嬰室裡的兒子。

「什麼話？」

「妳聽聽妳說的話！」

「他是因為知道要來我們家當我的兒子，才會選擇從妳的肚子生出來的！因為我們之前說好的啊！」

大嫂一下子急了起來，也不管彩芬才剛生完，就激動的拉著她，大聲的嚷嚷起來。

「大嫂，對不起，是我答應妳又反悔，但是，我現在真的沒辦法給妳這個孩子

啊！」彩芬跟大嫂求饒著。

「妳是不是嫌錢不夠，我可以加碼、加倍給妳，這總成了吧！」大嫂還是不放棄的說道。

「現在已經不是錢的問題了！」彩芬哭著說。

「真是要把我給氣死！」大嫂說完，就蹬著高跟鞋走了出去。大嫂高跟鞋聲，在醫院的大理石地板上顯得更為響亮。

大嫂的來來回回，引起許多人的側目。

「寶貝啊！媽媽這樣做到底對不對呢？」彩芬望著育嬰室裡頭的兒子，喃喃自語的自問著。

「這位太太！」一位剛生完產的婦人遞上一包面紙給了彩芬。

「來，擦擦眼淚啊！生孩子是件快樂的事啊！」婦人抽起一張面紙，為彩芬擦了擦眼淚。

「謝謝妳。」彩芬感激的滿口稱謝。

「妳就是李彩芬吧！」婦人問著。

「嗯嗯。」彩芬點點頭。

「我是在育嬰室看到紅色張貼，而且妳一直望著那個小巨嬰，眼睛都沒離開過，所以我想妳就是彩芬。」婦人笑著說。

「妳的孩子長得好好喔！妳看那些小護士們都圍著他，好有人緣的孩子啊！」婦人接著說。

「長得好也希望他命好，生在我們家，唉……」彩芬嘆著氣說，哽咽到說不出話來。

「彩芬，妳聽我說！」婦人拉著彩芬的手拍拍她。

「孩子會自己帶來他要的資源，孩子的生命是他自己的，不是父母的，妳不要覺得歉疚。」婦人細細的對彩芬說著。

「跟著我，我怕他會吃苦！」彩芬不安的說著。

「不會、不會的，一枝草一點露，老天爺會看顧每一個人的。」婦人持續的鼓勵著彩芬。

「而且我有個直覺，這個孩子會是妳人生中，很大的幸運。」婦人眉開眼笑的

說。

「我只求不要拖累到他，不求他為我帶來什麼幸運！」彩芬老實的說著自己的想法。

「妳在懷這個孩子時，有做什麼夢嗎？」婦人問著彩芬。

「沒有什麼很特別的，只有夢到一個小男孩來跟我一起生活，結果生出來也就是一個男孩而已。」彩芬回想起來。

「我也是，我也是夢著一個女孩來跟我和我先生一起生活。」婦人跟彩芬不太一樣，她是甜蜜、開心的說著。

「我的朋友跟我說，這是孩子的靈魂先透過夢境，跟父母預習生活著，看這趟人生能否達成他們靈魂設定的目標。」婦人解釋著。

「我不明白妳的意思？」彩芬聽得一頭霧水。

「我的意思是，孩子的靈魂有先來跟妳相處過了！」婦人這樣說道。

「真的嗎？」彩芬的臉上有點驚訝。

「是啊！如果他來跟妳預先生活過，還選擇從妳的肚子生出來，一定有他靈

魂很重要的目標，所以妳要開開心心的帶這個孩子回家去，讓他好好的當你的兒子啊！」婦人這樣說著。

「謝謝妳、謝謝妳！」婦人的這番話，讓彩芬好生感動，覺得是老天爺找人來告訴徬徨無助的她，讓她有信心帶著孩子生活下去。

# 02

# 外公不喜歡媽媽

彩芬的先生是個船員，這段時間在遠洋船，所以在彩芬的生產期間，根本沒有辦法陪在彩芬的身邊。

彩芬就自己決定，將這個男孩取名為志隆。

就在大嫂來過的第二天，彩芬的婆婆也來了。

「彩芬啊！這個男孩好可愛啊！」婆婆滿臉笑意的說著。

「媽！這個男孩，已經取名為志隆！」彩芬跟婆婆解釋著。

「嗯……」婆婆面有難色的樣子。

婆婆即使不開口，彩芬大概也猜得出來她要說些什麼。

「彩芬，妳真的不再考慮、考慮看看嗎？」婆婆看起來就是「受人之託」、「有備而來」的樣子。

「媽，我已經決定把孩子留在我身邊了。」彩芬淡淡的說著。

「妳這又是何苦呢？」婆婆不解的問道。

「因為志隆是我懷胎十月，從我身上掉下來的一塊肉。我真的割捨不掉啊！」彩芬這樣說著。

「妳把志隆過繼給妳大嫂，他們會好好待他的，長大後，這個孩子仍然可以孝順妳啊！」婆婆棄而不捨的說著。

「更重要的是，這個孩子孝順妳的同時，他還繼承了妳大嫂那邊的財產，這不是很好嗎？」婆婆一副要「敲」醒夢中人的講著。

「媽，大嫂要解決她的財產的繼承問題，她多的是方法，真的不用考慮到我們志隆！」彩芬說著。

「志隆是我們林家的血脈，我當然是希望他來繼承，而不是妳大嫂那邊的親戚來繼承啊！」婆婆氣急敗壞的說著。

彩芬心裡想著，婆婆這個人，一直是她和先生之間非常大的問題。

彩芬的先生排行老二，上面還有一個哥哥。

婆婆從年輕的時候，就相當寵老大，對於彩芬的先生，相形之下，就是比較冷淡。

而且，大伯後來娶的大嫂，是個土財主的孩子，所以分得不少家產。

這一來，婆婆對大伯更是寵愛有加了。

而大伯、大嫂什麼都圓滿，獨獨就是沒有子嗣。

做了許多檢查，總是檢查不出原因來。

「去領養一個好了！」大伯曾經跟大嫂這樣商量著。

「不行，我們林家的骨肉，就要流著我們林家的血液。」婆婆這麼堅持著。

但是大伯、大嫂做人工受孕，辛苦了老半天，還是一點消息都沒有。

這時候，婆婆和大嫂就動腦筋到彩芬這一房來。

婆婆本來不是很瞧得起彩芬。

彩芬的跛腳，當初讓婆婆很不能諒解自己的兒子。

「你什麼人不好娶，要娶一個殘障的呢？」

但是彩芬和先生相愛至深，也就不顧婆婆的反對，不管如何都要結婚、在一起過生活。

彩芬決定結這個婚也得不到自己娘家的祝福。

「其實妳也可以單身一個人過，妳的狀況結婚會很辛苦啊！」彩芬的媽媽這樣跟彩芬說。

「媽，我是殘障沒錯，但是我連追求我自己的幸福都不行嗎？」彩芬氣憤的說道。

「不是，媽媽不是這個意思，媽媽的意思是，妳這樣嫁過去，怕妳會被嫌，這樣妳的日子會更不好過啊！」彩芬的媽媽勸著她。

「妳覺得我在家裡的日子會好過嗎？」

「妳覺得我自己的爸爸瞧得起我這個女兒嗎？」

「我根本不想留在這個家裡，妳知道嗎？」

彩芬講到這裡，簡直是怒不可抑。

「妳也知道妳的爸爸，他會那麼不喜歡妳，也是因為妳工作上的那件事！」彩芬的媽媽囁嚅的說道。

「是、是、是，是我不對，讓他丟臉了！但是，他對我沒有好臉色，又不是從那件事開始的。」彩芬所說的是她心中最深的痛。

彩芬一直覺得因為自己的跛腳，很多公司都不願意用她。

她一直沒有辦法有個很好的工作。

彩芬的媽媽就催著自己的先生幫彩芬想想辦法。

彩芬的爸爸就介紹彩芬去自己的朋友公司，擔任會計的工作。

那是一家報關行。

彩芬在那裡工作的非常得心應手。

彩芬這一輩子，因為跛腳的緣故，總覺得人家瞧不起她，內心有種很深的自卑感。

每當她拿錢回家，讓媽媽為家裡添些東西時，她總有種莫名的成就感。

於是她的錢拿回家的情況，愈來愈多，而且都是一把、一把的鈔票。

「彩芬啊！妳這錢是怎麼回事啊？」媽媽狐疑的問著。

「媽媽，這是我工作的獎金，妳就拿去用就好了！」彩芬一副大姐頭派頭，說得一派輕鬆。

「真的嗎？妳可不要亂拿錢啊！」媽媽擔心的一再問著。

「不會啦！不會啦！」彩芬不耐煩的說。

結果……

彩芬真的是收了不該收的錢，拿了報關行廠商的回扣。

也因為這樣，彩芬被開除了。

「妳真的是夠了！」彩芬的爸爸氣得快說不出話來。

「我怎麼會有妳這種女兒啊？」他甚至要趕彩芬出門。

「老頭子啊！孩子不好，我們就應該把她教好啊！」彩芬的媽媽為彩芬求情。

「你這樣趕她出門，她又要去哪裡呢？她的行動又不方便！」彩芬的媽媽每次講到這點，就滿心愧疚，一臉對不起彩芬的模樣。

「妳不要再縱容她了！我們兩個沒有對不起她，她自己不好好做，難道要我們為她的人生負責任嗎？」彩芬的爸爸不只一次，要太太不要自我譴責。

「為了她，我都已經在我的朋友丟盡臉了！」彩芬的爸爸氣到臉都漲紅了。

「妳要袒護她，妳這是害了她啊！」彩芬的爸爸邊說，邊往樓上房間走去。

「爸爸永遠都這樣，看我不起。」彩芬悻悻然的說道。

不管是以前，或是現在，彩芬老是這樣說。

也因為是這樣，彩芬碰到有人要娶她，她真的覺得是老天爺救了她，讓她可以脫離自己的娘家。

自己的先生在公婆家，也是有著許多不平。

兩個這樣的人遇在一起，相濡以沫，原本以為可以彼此替彼此取暖。

結果……

並不是這樣……

# 03

# 爸媽老是吵架

彩芬的思緒飄到這裡時，護士小姐把志隆推到房間來。

「啊！我的寶貝孫啊！」婆婆開心的抱起志隆。

「我們林家的孫子，生得多好啊！妳看白白淨淨的，方頭大耳的，一看就是個福氣相。」

「是啊！這位奶奶，這個小男嬰在我們嬰兒房裡可受到歡迎了，很多護士會特別跑來看看他！」

「那我的寶貝孫要出院了！大家可不就傷心囉！」

「是啊！是啊！」

阿嬤和護士妳一言、我一句的說得可高興了。

但是彩芬看到婆婆，心裡就覺得很沉重。

等到護士出去後，婆婆果然開口了。

「彩芬，妳大嫂跟我說過，她一定會好好待這個孩子的，妳就不要堅持，一定要自己養這個孩子！」

「妳如果堅持要這個孩子取名為志隆，媽也不反對，我可以去跟妳大嫂說，我想應該沒問題的。」婆婆似乎已經想破頭了，連名字都當成一樣條件，想辦法來跟彩芬交換孩子。

「媽，我心意已定，妳就不要再勸我了！」彩芬說不過婆婆，只好把自己堅定的決定再一次告訴她。

「妳這樣的決定，以後被志隆知道，妳覺得他不會怪你嗎？」婆婆語帶要脅的說著。

「唉……」婆婆說的這件事，彩芬不是沒想過。

「那是他的命！」彩芬只能這麼說。

「怎麼會？這怎麼會是他的命，他本來有機會在有錢人家長大的，只是妳不肯放手……」婆婆看到彩芬的猶豫，馬上添油加醋了起來。

「妳和我兒子的經濟狀況都不太穩定，這樣能夠給孩子穩定的成長環境嗎？」婆婆說中彩芬最大的痛處。

「我想過了，就算經濟狀況不好，也不能賣兒子，我想通了。」彩芬整個生產過後，看到孩子，就想通了這一點。

「什麼妳想通了？不，妳根本沒想通，只要拿起電子計算機敲一下，就知道妳根本沒想通！」婆婆滿臉說破嘴的樣子。

彩芬還是搖搖頭。

「好吧！說不過妳，我等到我兒子回台灣了，我再跟他說去。」婆婆也是一臉悻悻然的走出了病房。

「每次都是這樣！」看著婆婆的背影，彩芬脫口而出這句話。

「志隆，你知道嗎？媽媽好累喔！」彩芬抱起志隆說著。

「你的阿嬤每次都這樣，讓爸爸媽媽為了阿嬤，總會一直吵架！」彩芬這麼說時，志隆的小臉突然笑了起來。

「你覺得很好笑，是吧！你這孩子真的很有意思。」彩芬看著志隆的笑臉，就突然什麼煩惱都沒了。

其實彩芬和先生的感情還算不錯，不過為了婆婆，就老是吵架，吵到傷了感情的地步。

「你又何必一定要給你媽錢呢？」彩芬每次都這樣問著老公。

「她是我媽媽，她跟我要錢，我哪好意思不給呢？」彩芬的先生滿臉理所當然的回答著。

「可是我們手頭也不是很好，你就不要給你媽錢了，好嗎？」彩芬幾乎是用「哀求」的語氣跟老公說著。

「不行，媽媽就是媽媽，她跟我開口，我當然要付了。」彩芬的先生還是這樣堅持著。

「我真的不知道你這是什麼心理？」彩芬生氣的說著。

「你媽媽對你也不好啊！他的心就在你大哥的身上！」彩芬氣到狠狠的刺了自己先生最在意的「傷口」。

「那妳爸爸媽媽對妳好嗎？妳有什麼資格說我呢？」彩芬的先生也這樣狠狠的傷了自己的太太。

本來兩個人在一起，就是覺得可以互相安慰彼此的傷口。

哪知道經濟狀況不好的時候，雙方都會朝對方最痛的傷口，撒下最傷人、最「重鹹」的話語。

「我真的不明白為什麼？」

「你媽媽又不是不知道我們兩個的經濟狀況不好，可是卻要我們每個月固定拿錢回去？」彩芬非常氣婆婆這件事。

「她說的也沒錯啊！她養我到這麼大，現在我們有家庭了，當然也要回饋她一點啊！」彩芬的先生說道。

「我覺得你是因為你媽媽對你不好，你就特別想在她面前表現給她看，那是意氣用事！」

「你這樣做，她也不會反過來對你好一點，那又何必做呢？」彩芬講到氣得發抖了。

「是是是！我是這樣做，我媽也不會多愛我一點，不過，要我不這樣做，我做不出來，總行了吧！」彩芬的先生也吼著說。

「那你怎麼給呢？」彩芬問道。

「我就去跑那個比較遠、比較沒有人願意跑的船線，這樣錢比較多，可以給我媽。」彩芬的先生回答著。

「跑更遠的船、更久的船期？」彩芬不敢置信的問道。

「那我怎麼辦呢？」

「你有沒有想過我呢？」

「你結婚了，就要以我們這個家為重，而不是把心思放在你爸爸媽媽的那個家啊！」

彩芬一個又一個的尖銳的問題，問得先生開不了口。

「你不在意我，沒關係，接下來假如我們有了孩子，你老是不在家，這樣像話嗎？」彩芬繼續問道。

「反正我的錢給我媽，她也是替我們存起來，這樣不也是很好嗎？」彩芬的先生話鋒一轉。

「你真的是太天真了！」彩芬沒好氣的回答。

「妳為什麼就這麼不相信我的媽媽、妳的婆婆呢？」彩芬的先生問道。

「不是我不相信她，而是這是人性！」

「錢都收進去了，會吐出來嗎？」

彩芬吼了這兩句話出來。

彩芬和先生就這樣，老是為了婆婆吵架，愈吵、說出來的話也愈傷。

彩芬冀望著有了孩子，和先生的感情會好一點。

# 04

# 驕傲的阿嬤

彩芬巴望著志隆的出生，讓她和先生之間的感情變得更好一點的算盤，似乎也是打錯了。

彩芬的婆婆，也就是志隆的阿嬤，沒等到自己的船員兒子靠岸，就急著發了電報給他。

彩芬的先生趁著遠洋漁船經過基隆港時，特地回家一趟。

「你怎麼提前回來了？」彩芬驚喜的問道，她以為是先生趕著回來看望生產過後的她。

「是媽拍了一封電報給我！」彩芬的先生說道。

「又是媽！」彩芬順口就這樣說了出來。

「彩芬，我們商量一下，反正我們還年輕，還可以再生，妳就把這一胎給我大哥和大嫂好了！」彩芬的先生建議著。

「什麼？我有沒有聽錯？我的耳朵有沒有問題？」彩芬幾乎是尖叫了起來。

「他們會這麼想要這個孩子，也是我們之前有答應過大哥、大嫂的啊！妳現在又反悔……」先生的話還沒說完，彩芬就忍不住嚷嚷了起來。

「是，我是答應大哥、大嫂了，但是我看到孩子的時候就反悔了！我捨不得啊！」彩芬說到這裡，忍不住傷心的哭了起來。

「妳看我們現在，也沒有辦法給孩子最好的，為什麼不讓他去大哥家過好日子呢？」先生跟彩芬這樣勸說著。

「你為什麼總是站在跟你媽那邊，為什麼總是不為我多想一下呢？」彩芬不解的問道。

「我就是替妳想到，才覺得應該答應媽！我們連自己都吃不飽了！為什麼要孩子跟我們受苦呢？」

「我們連自己都吃不飽了，為什麼還要拿錢給你媽呢？」聽到先生的回話，彩芬也馬上回了過去。

「這是兩碼子事，妳不要混為一談。」先生一臉不耐煩的說道。

「你看看這個孩子！」彩芬把志隆抱到先生的手裡。

「長得真好啊！」先生忍不住這樣說道。

「志隆真的是好可愛啊！」彩芬跟先生說著。

「真的！」先生點點頭。

「這是你兒子啊！」

「也是我兒子，是我們兩個的兒子！」

「你捨得給大哥嗎？」

彩芬看先生抱著志隆的模樣，也在一旁不斷的敲著邊鼓。

彩芬的先生默然不語，看到孩子後，他似乎也動搖了。

「留下來吧！」彩芬再繼續說著。

「唉……」彩芬的先生也說不出什麼話來了。

「那怎麼跟媽媽跟大哥、大嫂說呢？」彩芬的先生問著。

「我不知道，看你吧！」彩芬已經豁出去了，她根本不在乎婆婆能不能體諒自己。

「你等等又要上船了嗎？」彩芬問著自己的先生。

「是啊！船在基隆港加油，我馬上要回去。」

「志隆也生下來了！你要想個辦法多留在台灣，不要再去跑船了，多在家裡

吧！」彩芬跟先生求著。

「我會想辦法。」先生點頭道。

不過，就在先生跟婆婆打了電話後、又回到船上。

彩芬的婆婆又上門來了。

「彩芬，是妳跟我兒子勸說，要把孩子留下來的嗎？」婆婆一上門就興師問罪來了。

「不是，這是我們兩個商量過後的結果。」彩芬答道。

「我兒子從來不忤逆我的，但是這件事上，他第一次忤逆我的意思。」婆婆沒好氣的說著。

「媽媽，我們真的沒有辦法割捨我們兩個的親生骨肉，這也是人之常情啊！」彩芬跟婆婆懇求著。

「你們何必讓孩子放棄這種榮華富貴的生活呢？」彩芬的媽媽滿臉不能理解的模樣。

彩芬不是不知道自己的婆婆。

她原本是個台南有錢人家的女兒。

因為愛情，嫁給一個普通的公務員，也就是自己的公公。

她本來以為愛情是一切，哪知道……

她結婚後，以前所有往來的親人、朋友，對她的態度都大為改觀，彩芬的婆婆見識到這種人情冷暖，個性也有了很大的改變。

「女人結婚是會變的啊！」彩芬從婆婆身上，以及自己結婚後，有了這樣的結論。

因為以前的出身，所以婆婆講話總還是有種驕傲的「口氣」。

但是面對榮華富貴的人家時，就有種卑躬屈膝、甚至是緬懷過往的卑微心態出現。

「說可憐也是可憐！」彩芬在心裡說著自己的婆婆。

也因為這樣，婆婆對於以前的懷念，轉而變成對目前生活的不安全感。

婆婆對於錢，老是有種「不夠用」的不安全感。

「死要錢，總想抓到更多！」彩芬對於婆婆的評價就是這樣。

也因為婆婆是「下嫁」，所以公公對婆婆總是百般呵護、忍讓。婆婆生的兩個兒子，也是對婆婆百依百順。

就像彩芬的先生，明明錢不夠用，只要媽媽一開口，就算用借的，也會借來給自己的媽媽。

「我真的不知道妳何必放棄這個大好機會！」婆婆繼續的大聲說道。

「妳自己不要過好日子，也不讓自己的兒子和我過好日子！」婆婆現在說的可就一點也不客氣了。

「圖的就是這個啊！」彩芬在心裡冷笑著，心想婆婆最在意的就是這件事，終於說出口了吧！

「妳不要以後跟我求說，要把這個孩子給妳大哥、大嫂，那時候人家可不見得要！」婆婆連最後一點優雅都沒了。

「不會，我不會的。」彩芬淡淡的說道。

「我再問妳最後一遍，孩子給或不給？」

「我要把志隆帶大，用我最大的力氣，讓他過最好的生活。」彩芬定定的看著婆婆，這樣的說道。

「即使我們過得不好，也要讓志隆過得像個王子一樣。」彩芬說著。

而彩芬的確也這樣做到了。

# 05

# 船員失蹤

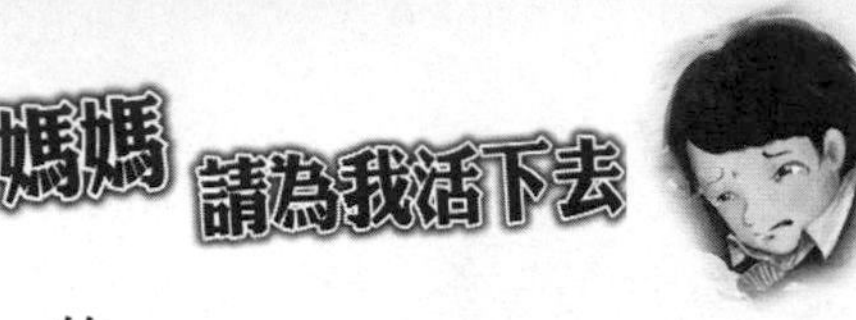


志隆一天天的長大了。

彩芬真的是讓他過得像個王子一樣，即使苦自己，什麼都給志隆最好的。

彩芬替人打掃、當看護，竭盡所能的賺錢。

而志隆對於自己這個媽媽，心中的情感是複雜的……

除了阿嬤不斷的說著自己這個媽媽有多麼不好以外，媽媽只要心情一不好，她的做法就是去……

賭博。

由於爸爸長年在遠洋漁船上，媽媽平常等於一個人照顧著志隆。

媽媽對於自己娘家和婆家、甚至自己的腳都累積了許多的情緒。

那些情緒像是隨時會爆炸的鍋爐一樣，平常只是蓋子被重重的蓋著，掩藏在那裡而已。

只要一句話、一個眼色，媽媽就很容易會受不了……

就像酒鬼用喝酒，逃避面對問題。

媽媽則是用賭博，來忘記不愉快的事情。

也因為這樣，讓阿嬤和爸爸以及媽媽娘家的人，更不能諒解媽媽。這當中媽媽曾經有改過。

那是在志隆小學一年級時，爸爸曾經停過跑船，回來家中。家裡有個男人在，媽媽的狀況真的好了許多。

即使接到電話，有人來邀約打牌，媽媽也會以爸爸在家推掉。

那是志隆這輩子看到媽媽最快樂的一段時間。

那個時候，爸爸和媽媽兩個人開著一輛小貨車，一起在志隆就讀的小學附近賣早點。

「志隆喜歡爸爸媽媽賣的早點嗎？」爸爸問著。

「嗯，我最喜歡我們家賣的紅茶了！」志隆這樣說著。

其實這不是志隆自己說的，而是班上同學跟他說的。

「志隆，你們家早餐店的紅茶很好喝耶！茶味都很濃，不像別家的都只像糖水一樣！」

聽到同學們這麼說，志隆好生得意。

也因為這樣，爸爸和媽媽的早餐車，生意還算是不錯。

「這種生意有什麼好做的呢？在外面拋頭露面的，沒面子死了！」阿嬤對於爸爸回來賣早點，一直不能接受。

「媽，做小生意有什麼不好呢？」爸爸聽阿嬤這麼說，也是頗有微詞，反問了自己媽媽。

「你當船員，再當一陣子，就可以當船長了！當船長多好聽呢？為什麼要來賣什麼早點呢？」阿嬤說來說去就是為了面子。

「媽，他這樣回來，我和孩子總算有個完整的家，一家三口也是很美滿。」彩芬也為了自己的家說話了。

「就是有妳這種太太，我兒子才會這麼沒出息，男兒志在四方，哪有一定要綁在家裡的呢？」阿嬤說了自己的媳婦一頓。

「媽，志隆需要一個爸爸，我需要一個先生，這對我們家來說，真的很重要啊！」彩芬繼續說著。

「你們用錢算一算，賣早點跟跑船的錢，差得簡直一萬八千里，我真的不知道你們兩個到底是在搞什麼！」

結果爸爸拗不過阿嬤，一方面也是考慮到他和媽媽兩個人都做早餐車的工作，收入實在是銳減，就又再上船去了。

這次爸爸的上船，讓媽媽整個人都像是洩了氣的氣球一樣。

由於媽媽一個人也忙不過來早餐車的工作，車子還有那些做早餐的器具，媽媽也都頂讓給別人。

她又開始有一搭、沒一搭的在醫院做些看護的工作。

而且，又開始賭博了。

「志隆，來，這輛火柴盒小汽車給你！」媽媽打完牌回來後，只要有贏錢，都會幫志隆買輛小汽車。

志隆對於媽媽，真的是又愛又恨。

愛她真的是很疼自己。

恨她是為什麼都沒辦法戒掉賭博。

「怎麼了？不高興嗎？」媽媽問著志隆。

「嗯……」志隆低頭不語。

「是哪裡不舒服嗎？」媽媽用手抵著志隆的額頭，摸摸他有沒有發燒。

志隆刷的一下子，就把媽媽的手給揮掉了。

「媽！」志隆大聲的喊了彩芬。

「妳可不可以不要再去賭博了！」志隆跟媽媽喊著。

「那不是賭博啦！只是打打小牌而已啦！」媽媽一臉沒什麼了不起的說著。

「什麼不是賭博，明明就是，還說不是。」志隆不能接受媽媽的回答。

「傻孩子，媽媽去打牌贏的錢，比去當看護還多，這樣，媽媽就有多的錢可以幫你買火柴盒小汽車了啊！」媽媽指了指志隆手上的小車子。

「媽媽，我情願妳不要去打牌，沒有火柴盒小汽車都沒關係。」志隆誠懇的跟媽媽說。

「媽媽這也只是消遣而已，真的沒關係的啦！」

「媽……」

志隆怎麼勸媽媽都不聽，他也有點火氣上來了。

「妳不喜歡阿嬤老是說妳壞話，妳就要爭氣點啊！」志隆生氣的說道。

「嗯……」平常別人怎麼跟彩芬說，彩芬都會回嘴，獨獨只有志隆跟她說這些，她總是一句話也不吭。

「媽，我求求妳，不要再去賭了，好嗎？」志隆用幾乎是哭求的方式跟彩芬說著。

「好啦！好啦！」彩芬也就隨口答應了。

這時，電話鈴聲突然響起，彩芬順手接了起來。

「喔，明天喔！」彩芬正要答應時，看到志隆生氣的眼神。

彩芬馬上改口。

「不行耶！我兒子明天學校有事，我得要去他們學校，不能去打牌啦！」彩芬這樣說著。

志隆嘟著嘴，點了點頭。

但是這樣的光景維持不了多久。

爸爸的遠洋漁船失蹤了。

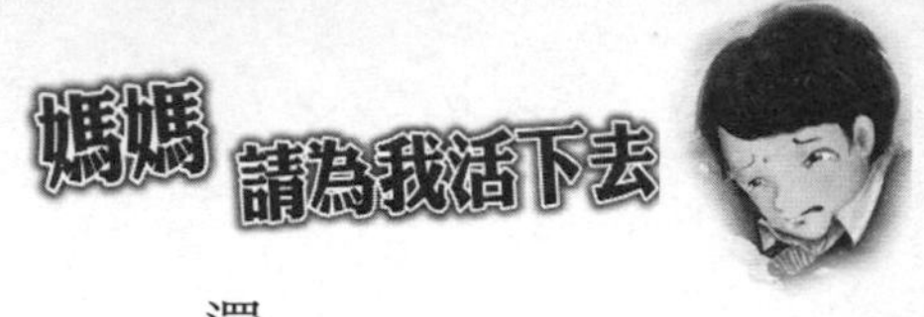


媽媽焦急不已，又開始……賭博了！

志隆一方面要擔心爸爸的安危，另一方面又要煩惱媽媽去賭博。

小小年紀的他，都不禁想著：「為什麼我的媽媽這麼不懂事，比我這個小學生還要不明白道理呢？」

# 06

# 大舅家

「志隆，怎麼了？」媽媽的大哥，也就是志隆的大舅，來看望他們時，問著悶悶不樂的志隆。

「大舅……」志隆一時之間也不知道從何說起，但是看到大舅關心的眼神，志隆頓時眼眶都紅了。

「怎麼了？」大舅抱著志隆坐在他的膝蓋上。

「大舅……」志隆頓時趴在大舅的懷裡，狠狠的哭了起來。

「是擔心爸爸嗎？」大舅問著。

志隆點點頭。

「大舅，我媽媽為什麼那麼喜歡賭博呢？」志隆問著大舅。

「唉！我這個妹妹喔……」大舅也不知該從何說起。

「志隆，辛苦了，小小年紀就要擔心這麼多的事情。」大舅捨不得的拍拍志隆的頭。

「阿嬤一直要我去當大伯、大伯母的兒子，我不想……」志隆傷心的邊哭邊說著。

「但是，我也不明白，為什麼我的爸爸媽媽會有這麼多的狀況呢？」志隆不明白的問著大舅。

大舅也只能嘆息，什麼都說不出來。

「我來也是想提供個方法，讓你們兩個過好一點的生活，妳媽媽畢竟是我的妹妹，總要想想辦法啊！」大舅這麼說道。

「我想請你和你媽到我們家去住，我的太太過世的早，想請你媽來照顧我的兩個孩子，也會給你媽媽薪水，希望這樣能夠給你們一個比較穩定的生活，或許媽媽就不會去賭博了！」大舅提議著。

「好啊！我最喜歡表哥表姐了。」志隆很開心能去大舅家住。

「而且我工作也比較忙，每天早出晚歸的，兩個孩子我也照顧不好，你和你媽媽來我家住，這樣大家都有個照應。」

「謝謝大舅，謝謝大舅。」志隆滿心感激大舅做出這樣的安排。

「媽媽，妳要表現得好一點喔！大舅給了我們這樣一個機會。」志隆跟媽媽耳提面命的說著。

「我知道啦！」媽媽滿口不耐煩的回應著。

「老天爺對我們還是不錯的，妳不要再怨外婆他們對妳不好，妳看大舅還是很顧念兄妹的情感的！」志隆說給媽媽聽。

「是啊！大哥真的是大哥，會照顧我們這些弟弟、妹妹。」媽媽也很感恩的說道。

「妳可千萬不要再去賭博了！」志隆唸著自己的媽媽。

「好啦！我的小王子，我的小祖宗，我不會去的啦！」媽媽做出發誓的模樣。

「是啊！妳想想，大舅要我們過去他們家住，吃和住我們都省了，妳還有薪水可以拿，比當看護穩當多了，而且是自己的大哥，也一直對我們很好，媽媽一定要好好把握這個機會！」志隆跟媽媽分析著。

「志隆，你這個小學生，怎麼懂那麼多啊？」媽媽笑著問志隆。

「媽媽，妳這個人心地真的很好，可是很多事都太衝動了，不用腦筋想一想……」志隆說著自己的媽媽。

「好啦！好啦！別再唸我了啦！」媽媽做求饒狀。

結果志隆和媽媽一搬到大舅家後，馬上就傳來好消息，爸爸他們的船在馬來西亞附近的海域找到了。

因為風災，讓他們船飄到那裡。

「真是雙喜臨門啊！」志隆和媽媽都高興的這樣子說。

大舅對於志隆和媽媽真的很好，每次有鄰居問起志隆，大舅總是笑著說，這是他失散在外的兒子。

但是這個時候，阿嬤又來了。

「彩芬，妳這是什麼意思啊？不願意志隆過繼給他大伯，還要帶著他去大舅家住！」阿嬤一來就指責彩芬。

「我還聽說，你們那個大舅子還跟人家說，我們林家的志隆是他失散在外的兒子！這算什麼呢？」阿嬤非常受不了大舅子這樣的說法。

「阿嬤，妳想太多了啦！大舅只是開玩笑而已，沒有什麼特別的用意啦！」志隆替媽媽解釋著。

「有些事情可以開玩笑，有些事情就是不行，這種事就是不能開玩笑的！」阿嬤氣個半死的說道。

「媽，我們母子兩個人，跟著我大哥一家住，也是多個人可以照應我們，而且還有薪水可拿，有什麼不好的呢？」彩芬說道。

「我還是那句老話，妳的大哥、大嫂，一直都沒有孩子，妳讓志隆過繼給他們，還是姓林不是嗎？」阿嬤沒有放棄的勸說。

「我不要，我不要當大伯、大伯母的兒子，我要當我爸爸、媽媽的兒子。」志隆反對著。

「傻孩子！你現在還小，長大了之後就知道，當你大伯、大伯母的兒子有多好，好多財產都是你的！」阿嬤苦勸著志隆。

「阿嬤，我不要，這樣好奇怪，我不要啦！」志隆有點鬧了起來。

「媽，這麼多年了！我們都說過好幾遍了！連志隆的爸爸現在都不會肯，妳就不要再逼我們了啦！」彩芬跟婆婆這樣說著。

「都一樣是我的孫子！有什麼差呢？」阿嬤小聲的說道。

「不過是不是我的兒子，對我就有差了！」彩芬有點氣的說道。

「媽，這畢竟是我大哥家，妳不要在這裡討論這種事，名不正言不順的！」彩芬跟婆婆解釋著。

「妳也知道名不正、言不順囉！這就是我說，不要來大舅家住的意思，本來就不應該帶著林家的孫子來大舅家住的啊！」婆婆冷冷的說著。

「我也是不得已啊！我的先生在船上，家裡只有我和志隆，我在自己的哥哥家工作，總是比較舒服，就像志隆說的，吃住也都省了，還有一份薪水，這對我和志隆來說，真的是件求之不得的好事啊！」彩芬跟婆婆說道。

「是啊！阿嬤，我很喜歡大舅，大舅真的是個好人。對我們很好。」志隆跟阿嬤這樣子說。

志隆同時在心裡說著：「大舅是個好人，跟阿嬤比起來更是超級、超級好的好人！最起碼人家會真正出手幫忙，不像阿嬤，只會出一張嘴，一直罵，卻一點忙都不肯幫，尤其是一毛錢也不會出！」

志隆在心裡說了一長串的話，好險阿嬤聽不見。

「反正我就是怎麼想怎麼不對勁，等到我兒子回來，我要問問他，這是要怎麼辦？」

「難道他也要跟著你們住在妳哥哥家嗎？」

「這像話嗎？」

志隆的阿嬤提出的這幾個問題，說也成理。

但是志隆和媽媽現在就是先求溫飽，其他的也想不到太多了。

# 07

# 請不要賭博，好嗎？

志隆和媽媽一搬進大舅家，大舅就把志隆抱起來。

「來！大舅來講三點！」大舅一把將志隆抱在膝蓋上。

這是大舅跟志隆常玩的一個遊戲。

大舅總是把要說的事情濃縮成兩點，然後第三點就開始亂編。

「第一點，志隆來大舅家要快快樂樂的，不准再哭了，在大舅家，哭是犯法的喔！」

「哈哈哈！我爸好好笑喔！」大舅的女兒、兒子，也就是志隆的表姐、表哥在旁邊聽到都呵呵的笑了起來。

兩個表姐、表哥的年紀比志隆大了一點，不過還是可以玩在一起的年紀，志隆從小也非常崇拜這兩個表姐、表哥，總是跟在他們兩個的身旁繞來繞去的，當個小跟班。

「第二點，志隆要跟表姐、表哥相處的很好，如果有誰吵架了，大舅就三個都一起處罰！」

「不公平，這不公平！」這三個小孩聽到這樣的「命令」，三個都嚷嚷著不公

平，覺得只能處罰吵架的人。

「所以沒有參與吵架的人，就要負責和平的工作，因為三個人都連帶責任，就會團結啊！」大舅解釋著。

「好啦！好啦！」三個小孩笑嘻嘻的答應了。

「那第三點，就是志隆要親大舅一下！這是規定！」

「爛！濫竽充數的第三點！」表姐笑著說。

志隆邊笑邊親了大舅一下。

這就是志隆非常高興來大舅家的原因，大舅總是把志隆當成自己的小孩一樣疼愛。

「大舅比我的爸爸更像爸爸！」志隆總在心裡這樣想著。

志隆不會想去當大伯、大伯母的兒子，不過，如果他能選擇的話，他情願當大舅的兒子。

雖然大舅工作非常忙，常常早出晚歸，又總是出國出差，但是家裡有個大舅這樣的男人，志隆的心就覺得很安！

「媽媽，妳真的要好好在大舅家工作喔！」志隆跟媽媽提醒著。

「會啦！會啦！已經說上一百遍了吧！」媽媽不耐煩的回答。

「我還想說上一千遍、一萬遍呢！大舅對我們這麼好，我們要感恩啊！」志隆這樣說著。

「小學生也說感恩喔！」媽媽苦笑著說。

「是啊！老師都有教啊！」志隆這樣說著。

「我喜歡跟表姐、表哥一起玩，在這裡真的很好！」志隆說道。

「的確啊！你是個獨生子，有表姐、表哥跟你一起玩，志隆看起來真的很幸福的樣子！」連媽媽都這麼說。

「嗯嗯！」志隆開心的點點頭。

結果媽媽一去沒多久，就出了一個「麻煩」！

大舅住的地方，大部分人的素質都不錯，很多是教授、高階公務員。而且這個住宅區，非常安靜。

志隆的媽媽，在大舅出差的時候，就找了自己的「狐群狗黨」來打牌。

由於媽媽一向「不慎」交友，這些朋友的素質實在是不佳。來打牌也就算了，通常還非常喧鬧，進進出出買啤酒、飲料、食物，引起許多鄰居的側目。

到了晚上，這些「牌友」離開後，志隆出去倒垃圾時，發現家裡的大門，竟然貼了很大一張紙條。

這張紙條的上面寫著……

「請不要賭博，好嗎？」

志隆撕下那張紙條，衝進家門口，大聲喊著：「媽！」

「做什麼啊？叫得像是失火一樣？」媽媽沒好氣的問道。

「妳看啦！妳搞什麼啊？」志隆把這張紙條給媽媽看。

「真是大驚小怪的，這又不是賭博，只是打打小牌而已，真是誇張！」媽媽不以為意的說道。

「什麼大驚小怪，我本來就覺得妳不應該把這些人帶進家裡打牌！」志隆生氣的說道。

「只是消遣消遣而已啊！」媽媽還是搞不懂志隆說的。

「這裡是大舅家，妳本來就不應該趁大舅出差不在的時候，帶朋友進來打牌的啊！」志隆有時候真的是受不了媽媽的「大腦結構」和「價值觀」。

「而且還吵得讓鄰居來貼字條！」志隆對於這點非常的擔心。

「這個鄰居也真無聊，又不敢署名，真是沒種！」媽媽又仔細看看那張字條，這樣說著。

「妳總要檢討、檢討自己吧！」志隆非常氣媽媽這個樣子。

「表姐、表哥，你們出來一下。」志隆叫著房間裡頭的表姐、表哥。

「嗯……」表姐和表哥大概在房間裡也聽到志隆說的話，出來時候臉色都不太好看。

「你們在這裡住了這麼久，有人貼過這樣的字條嗎？」志隆急著問道。

他們兩個人都搖搖頭。

「媽，妳看啦！」志隆有點責備自己媽媽的味道。

「姑姑，妳就不要打牌了吧！我們這裡的鄰居都很保守，他們不喜歡這樣的活動，而且妳的朋友真的是很吵！」表姐這樣說著。

「你們就是瞧不起我，也瞧不起我的朋友，對吧！」媽媽不知道是面子上掛不住，還是自尊心受損，她那種「受害」心理又出現了。

「媽媽，妳不能這麼說，我在旁邊看得很客觀，是妳做錯了，妳不能這麼說表姐、表哥！」志隆大聲的說道。

「他們好歹也要叫我一聲姑姑，尊敬我一點才對吧！」媽媽這時候抬出了「長輩」說。

「妳自己當人家長輩的，也要做到讓人家尊敬才是啊！」表姐的個性很耿直，她說話一向很直。

「連妳這個小孩都瞧不起我，是嗎？」媽媽的「自卑感」最容易被這樣的話語給挑起。

「媽，妳冷靜一點！」志隆說道。

「是，我犯賤，明明是當人家的姑姑，卻要來做下人的工作、忙進忙出的，累個半死，連找朋友來打個牌消遣、消遣，都不行，還要看自己姪女的臉色！」媽媽氣急敗壞的說道。

表姐、表哥臉色鐵青的回到房間。

表姐還用力的甩了門。

志隆則是焦急的站在一旁，不知道該怎麼辦？

# 08

## 作業員

因為這個打牌的事情，志隆的媽媽心裡很不痛快。

就在這個時候，媽媽有一個「牌友」來邀媽媽去當工廠的作業員。

「妳何必待在妳哥哥家呢？這樣寄人籬下不是很可憐嗎？有必要這樣嗎？」朋友跟媽媽建議著。

「那妳說我要做什麼呢？」媽媽問著朋友。

「跟我一起去工廠做作業員，我覺得很不錯！」朋友這樣建議著。

「可是，這畢竟是我哥哥家啊！」媽媽有點疑惑。

「哥哥家又怎麼樣呢？連打個牌都要看妳姪女的臉色，這種哥哥家有什麼好待的呢？」朋友反問著。

「妳不要這樣慫恿我媽，我和我媽都很喜歡住在我大舅家！」聽到這話的志隆突然跳了出來。

「志隆！」媽媽不太高興志隆這樣跳出來說話。

「媽媽，妳別傻了！妳跟妳這些朋友在一起，去工廠上班之外，就都把時間花在賭博上……」志隆不開心的說著。

「你這個小孩少沒見識了！我們這哪叫做賭博，這叫做打牌、怡情養性而已！」媽媽的朋友也為自己辯駁著。

「人家鄰居都不高興的跑來貼條子了！妳還敢說這沒什麼？」志隆沒好氣的反駁道。

「我就說這是沒見識啊！」朋友滿臉不以為然。

「媽媽……」志隆非常的擔心媽媽。

「好啦！好啦！別說了！」媽媽揮揮手，要志隆閉嘴。

志隆就回到自己的房間去，但是志隆把耳朵緊緊的貼在房門，想聽清楚媽媽和朋友到底在說些什麼。

「妳住在妳大哥家有什麼好的呢？說實在話，妳不是也覺得妳的娘家對妳不好嗎？」朋友跟媽媽這樣嚼舌根。

「我娘家的爸爸媽媽對我是不怎麼樣？但是大哥倒真的是很有人情味！」媽媽總算說了句公道話。

「他當然要對妳好一點囉！妳大哥買這個房子，妳的爸爸媽媽一定有資助吧！

他們有這樣對妳嗎？」

「是耶！」媽媽點頭稱是，這真的是媽媽最不滿意外公、外婆的地方。

「而且妳大哥也只是當妳是佣人而已，如果妳不做這些事，他會讓妳住在這裡嗎？」媽媽的朋友在那裡說三道四的。

接下來志隆就聽不到媽媽說些什麼，因為聲音太小聲了。

第二天，剛好媽媽家的許多人來大舅家玩。

連外婆都來了。

只見到媽媽忙裡忙外的招呼著大家。

外婆的五個女兒全到齊了，加上大舅，只有二舅和小舅工作忙沒有過來一塊吃飯。

媽媽在外婆的女兒當中，排行老三。

「三姐，不要忙了，趕快坐下來一起吃啊！」小阿姨跟媽媽這樣說著。

「沒關係，再準備一個菜端上來就好了！」媽媽看起來也開開心心的。

外婆的這五個女兒，除了最小的小阿姨還沒有結婚之外，其他人都各自有自己的家庭了。

「小妹啊！聽說妳最近買了棟預售屋，老爸還借了妳五十萬元，是嗎？」二姨媽不知道為什麼提到了買房子的這件事情。

「是啊！而且我不打算還老爸了！哈哈！」小阿姨笑嘻嘻的說道。

「為什麼這麼好？」媽媽端上菜時，聽到大家談的這個話題，她對於外公會拿出五十萬來，也覺得不可思議。

「大概只有我一個人還沒有結婚，老爸才願意借我的吧！讓我有點錢可以付頭期款。」小阿姨解釋著。

「我以前想要買房子，跟爸爸借，他一毛錢都不願意拿出來。」志隆的媽媽講起這件陳年往事。

「三姐，妳已經結婚了啊！老爸大概覺得妳嫁了，就應該靠老公，我又沒有老公，爸爸只好伸手幫忙囉！」小阿姨替外公解釋著。

「爸爸就是不喜歡我！」媽媽冷冷的說著。

「妳不要這樣想，三妹！」大姨媽也開了口。

「為什麼我不能這麼想，這本來就是事實啊！」媽媽不服氣的反問。

「我們跟在媽媽的身邊最久，她最不放心妳！以前妳的腳開刀時，她總是揹著妳跑來跑去，也是很辛苦的啊！」大姨媽說了許多往事。

「會嗎？老媽就是重男輕女，對男生比較好吧！特別是大哥！」媽媽不服氣的說道。

「老爸也是啊！對媳婦比對女兒好多了！」媽媽繼續埋怨著。

「以前我們沒結婚前，工作賺的錢都有拿回家，結果我以為老爸會幫我存著，結果根本沒有……」媽媽愈說愈氣。

「老爸反而買房子的時候，會用媳婦的名字，絕對不會用到我們女兒的名字！」媽媽講起這件事就有氣。

「老爸也不是買給媳婦的，他想那房子是要給媳婦的兒子、也就是他孫子的啦！」二姨媽也開口解釋道。

從頭到尾，外婆一個字都沒吭，就是安靜的吃著她的飯。

「三妹啊！二姐勸妳一句，人真的不要有那麼多的怨氣，怨氣只會擋住自己的福氣而已！」二姨媽好言的勸著媽媽。

「我就是不服氣啊！要不是我生成跛腳，我今天的命也不會這麼苦啊！」媽媽在飯桌上沒好氣的說著。

「妳這是幹什麼啊？」大姨媽不高興的放下筷子。

「是啊！妳這不是讓媽媽難過嗎？」四阿姨也不開心的說話了。

「我為什麼不能這麼說呢？我說的都是實話啊！」媽媽也放下碗筷，有點高聲的講話。

「三妹啊！大家來這裡吃飯，就是想說家人快快樂樂的團聚，妳這是何苦呢？」大舅這個主人也講話了。

「是啊！你們都生得好手好腳的，有著自己好好的一個家，也有自己的房子，你們哪能體會到我的心情呢？」媽媽邊講邊哭了起來。

「你們有誰真的替我、好好的著想過呢？」媽媽講得傷心極了，一把鼻涕、一把眼淚的。

外婆也把碗筷放下了。

「妳就是怨我，是吧！」

一直沒開口的外婆，淡淡的說了這麼一句話。

頓時，所有的人都沒聲音了。

# 09

## 搬家

「妳就是怨我啊！妳說的這些。」外婆難過的說著。

媽媽則是沉默不語。

大家也都不講話了，這頓飯吃得難過極了。

那天吃完飯後，媽媽一個人在廚房裡洗碗。

志隆看見媽媽邊洗碗邊哭著說：「我為什麼不能怨，我的姊妹都過得好好的，只有我在當人家的佣人啊！」

媽媽說的話，客廳裡的那些人也都聽見了。

小阿姨就說話了：「如果大嫂還在的話，大嫂也會做這些事，並不是把三姐當成佣人啊！」

「好了啦！妳就少說點，她已經夠嫉妒妳了，妳少講點話吧！」大姨媽做勢要小阿姨閉嘴。

四阿姨則要小阿姨跟她一起進廚房，想說一起幫忙洗碗。

可是媽媽還沒好氣的說：「不用你們幫忙，出去！」

四阿姨和小阿姨也悻悻然的走出廚房。

「三姐最奇怪了！每次都不知道在鬧些什麼情緒！」小阿姨非常小聲的說道。媽媽可能沒聽見，志隆卻聽得清清楚楚的。

到了晚上，所有的人都走了。

志隆跟著大舅出去倒垃圾。

「大舅，對不起，我媽在這裡打牌，讓鄰居貼條子來抗議，我也覺得很不好意思！」志隆跟大舅這麼說著。

「志隆，別這樣說，妳媽是我妹妹，我知道她這個人，妳不用替你媽道歉，記得嗎？大舅說的那三點！」大舅拍了拍志隆的頭。

「嗯？」志隆一時會不過意來。

「你來大舅家，大舅第一點就是說，你要開開心心的，不是嗎？不要替你媽抱歉，那些事都跟你無關！」大舅說道。

「大舅，我真的不明白我媽的很多事情？她的想法真的好偏激喔！」志隆不解的問著大舅。

「這我也不知道該怎麼說耶！」大舅也只能嘆息。

「我媽每次都會把事情想得很壞，覺得別人對她不好，但是以我這個旁觀者來看，我真的覺得她其實有她幸運的地方，但是她都不覺得那是別人的好意！」志隆跟大舅說著，這是他心裡很大的疑問。

「大舅雖然也這樣覺得，但是除了你媽自己想通以外，好像也沒有別的辦法啊！」大舅無可奈何的說道。

「其實你外婆這麼多的小孩，她花最多的心血就是你媽！」大舅再三強調的說著。

「真的嗎？」志隆不能置信的說道。

「是啊！你可能不知道，當年為了醫你媽的腳，外公、外婆花了多少的心血和錢，可是你媽一點都不會感激，只會覺得是父母把她生成跛腳，讓她人生的路不好走！」大舅苦笑著說。

「唉！」志隆也對自己的媽媽不知道該怎麼說才好。

「你呢？你覺得我們對你和你媽好嗎？」大舅問道。

「我非常謝謝大舅，大舅對我們真的很好！我一直很感激大舅。」志隆發自內心的說道。

「有你這句話，大舅就安心多了。」大舅淡淡的笑著。

「我們一直很擔心，你會受到你媽媽的影響，變得非常偏激。還好沒有。」大舅欣慰的說。

「我本來也很怨我媽，但是我看到媽媽這樣怨外公、外婆，讓自己變得很糟，我不想變成跟媽媽一樣，我一直提醒著自己，不要這樣、不要像媽媽一樣，變成一個苦毒的人！」志隆解釋著。

「孩子啊！生命如何安排，我們都不知道，但是你這麼懂事，我就放心了許多！」大舅聽到志隆說的話，他頻頻點頭。

「以後不管發生什麼事，我都會盡量跟大舅商量，不要像媽媽一樣，只要聽到朋友說什麼……」

不等志隆說完，大舅馬上插嘴說：「對，千萬不要像你媽交朋友，她老是交一些愛煽風點火的朋友！」

「是啊！我也有發現到，我是很不喜歡我媽媽交的朋友。都很負面，老是有一

些負面的想法。」志隆心有戚戚焉的說著。

「從以前就是這樣，外公、外婆都一直跟她說，她交朋友要小心，不過她就是很愛跟那樣的人在一起！」大舅不禁搖頭嘆息。

「我真希望媽媽腦筋清楚一點啊！」志隆望著天空說著，好像在跟老天爺祈求一樣。

「她只要有你一半明白事理就好了！」大舅也抬起頭來望著天空，而且雙手合十做拜拜狀。

「不過……」大舅說著。

「什麼事啊！大舅！」

大舅笑著說：「這年頭有任性的父母，好像小孩都比較明理；反而那種明理的父母，小孩都很任性！」

「大舅，我真的不知道我到底明不明理，我其實只是壓抑著，要自己不要怨我的媽媽，其實心裡對她是很氣的！」志隆誠實的說道。

大舅又拍了拍志隆的頭說：「孩子，已經不容易了啊！你已經做得很好了！別太苛責自己。」

「大舅！」志隆小聲的喊了喊大舅，他也覺得跟大舅這樣子談話，感覺非常溫暖。

「大舅！」志隆又叫了一聲大舅。

「什麼事呢？」大舅應了一句。

「大舅，以後不管發生什麼事，你都是我的好大舅，在我心裡頭，你這個大舅更像是我爸爸！」志隆有感而發的說道。

「志隆，聽你這麼講，大舅好感動喔！真的！」大舅的眼神，真的有一股很感動的神情。

「大舅，是真的，我是真的這樣覺得。」志隆更肯定的說道。

「不過，也是啦！大舅本來就是個很大的輩份，以後你結婚了，大舅還要去坐大位呢！」大舅流露出洋洋得意的表情。

「那大舅和志隆說好，以後不管發生什麼事，都要找大舅好好商量，千萬不要像你媽，都是去跟外面的朋友商量，我們可是自己家人，是最親的那個，知道嗎？」大舅跟志隆做勢要打勾勾。

他們兩個快樂的打了勾勾，正高高興興的回家。

一進家門，媽媽就丟了一顆炸彈。

媽媽說要搬家。

# 10

# 照顧外公

「不是住得好好的嗎？怎麼突然要搬家呢？」大舅整個人一頭霧水。

「我想去我朋友工作的工廠當作業員。」媽媽眼眶紅紅的說著。

「三妹，妳這是何苦呢？」大舅實在不明白媽媽的想法。

「你們都看不起我，好像我是你們家請的佣人一樣，那我乾脆去工廠當作業員好了！」媽媽哭訴著。

「誰看不起妳了啊？」大舅不解的問著。

「你們都是啊！」媽媽哭著說。

「媽媽！別鬧了啦！」志隆很不耐煩的說著。

「你看，連志隆在這裡都瞧不起我，我何苦呢？」媽媽愈說愈委屈。

「妳何必想歪了呢？」大舅也很不解的說道。

「沒錯，我是腳跛了，也沒嫁好，等於是我一個人在賺錢養我的志隆，但是我也沒必要……」媽媽說到一半就泣不成聲了。

「這件事我需要考慮一下，我也覺得妳最好考慮一下，不要這麼衝動！年紀也不小了，不要老是用同樣的方法在處理事情，或許妳應該跟志隆商量一下，聽聽孩子的意見吧！」大舅這樣建議著。

大舅的緩兵之計是搬出志隆。

「媽！我不贊成妳去當作業員。」志隆明擺著跟媽媽這樣說。

「有什麼不好呢？去當作業員，還有勞保，以後也有退休金好拿，我覺得可能比較穩當。」媽媽這樣說。

「妳現在也有把勞保掛在工會啊！」志隆這個孩子並不含糊。

「可是這樣寄人籬下，總不是個辦法吧！」媽媽一直覺得沒有自己的房子、非常委屈。

「不過，我們不在大舅這裡住，出去也要租房子，也是一筆開銷，買房子不就更難了？」志隆提出來的問題也很言之有理。

「可是我在大舅這裡，現在出去，鄰居看到我的眼神，讓我非常不舒服，他們的眼神好像在說……」媽媽囁嚅著說。

「什麼啊？」志隆問著。

「我覺得他們好像在說……妳這個賭鬼！」媽媽自己講得也很垂頭喪氣的。

「唉……」志隆也不知道該說什麼才好，鄰居的反應也是人之常情，可是偏偏媽媽的自卑感又特別的重。

「我真的不想住在這裡！」媽媽一直這樣說著。

就在大舅的「緩兵之計」還在進行時，外婆家發生了一件事。

外公生病了！

其實外公一直有糖尿病，只是他沒有很注意，結果病情一直惡化，最近竟然有點失智的情況出現。

但是這種狀況時好時壞。

「三妹，如果妳真的不想住在這裡，就回娘家照顧爸爸吧！」大舅這樣建議著，外婆也來大舅家來勸著自己的女兒。

「可是爸爸一直都不太喜歡我，我回去照顧他，他會願意嗎？」志隆的媽媽不放心的問著。

「妳爸爸最近已經有點不太清楚了，有時候連我都認不太出來，妳回來他不會怎麼樣的啦！」外婆這樣說道。

「而且我們三兄弟已經說好，妳回去照顧爸爸媽媽，我們每個人都出一萬元給妳當薪水，其實這樣的收入也還算不錯啊！」大舅說著。

「我的意思是，妳大哥的兩個孩子也跟著一起回來，要不然我不放心他一個大男人照顧著兩個小孩，大哥的意思是，這樣的話，他就再多給妳一萬元當薪水，妳覺得怎麼樣？」外婆非常希望自己的女兒回來照顧外公。

「這樣妳跟別人說，也是說回去照顧自己的爸爸，這是名正言順的行為，不是什麼佣人！」大舅解釋著。

「我真的很需要妳來幫我！」外婆一直跟媽媽這麼說著。

在一旁聽的志隆，很清楚外婆說的這句話，是媽媽最想要聽到的。

「媽媽真的很喜歡在自己家人面前，感覺很重要、被需要！」志隆在心裡這樣說著。

「好啊！媽！我就回娘家去幫妳。」媽媽果然答應了。

「好棒啊！我可以跟表姐、表哥，一起去外婆家住！」志隆歡呼著。

外婆也抱抱志隆，親切的說著：「外婆一定好好的疼你！志隆！」

志隆點點頭。

志隆雖然還是個孩子，可是他一直看事情看得比媽媽來的清楚。

「外婆其實一直對媽媽有種歉疚感，把她生得這樣。所以很想把媽媽帶在身邊，也希望讓她有點錢，媽媽真的是人在福中不知福，外婆他們對她真的是很好了！」志隆在心裡這樣想著。

不過……

志隆真的也不知道怎麼跟媽媽說，讓她能夠明白。

「唉！只能靠她自己想通了。」志隆這樣想著，而且志隆最大的心願是……

「拜託媽媽好好的做，別再出問題了！」

志隆在心裡一直這樣祈求著。

「你也要好好經營、打算打算！」外婆轉頭跟大舅說著。

「也要再想想，娶個太太回來，要不然你一個人，我也是很擔心啊！」外婆這樣對大舅說。

「媽！這種事只能靠緣份，我也不能怎麼樣啊！」大舅淡淡的說著。

「你的孩子，我跟你三妹會幫你帶好，你只要好好衝刺事業，然後找個好太太就好了！」外婆說道。

大舅笑著說：「媽，妳說起來可容易，這些做起來都不簡單耶！」

「我是疼你，也是疼我的大孫女、大孫子，所以才要把他們兩個都帶在身邊！」外婆說道。

「我知道媽的心意！」大舅回話說道。

「媽就是一直重男輕女。」志隆的媽媽又酸溜溜的說著。

「媽媽，妳不要這樣說，外婆和大舅也很替妳著想，妳不要老是想不好的啊！」志隆說著自己的媽媽。

「你外婆本來就是重男輕女，最疼兒子，特別是大兒子！」志隆的媽媽還是堅持著。

「又來了！媽媽都不知道在不滿意些什麼？」志隆小聲的說道。

「其實要找份四萬塊錢一個月的工作，也不是那麼容易，妳去當作業員，要加多少的班，才有這樣的收入！」大舅解釋給媽媽聽。

「真的，媽媽要知足了！」志隆說道。

「謝謝外婆，謝謝大舅，還有謝謝二舅和小舅！」志隆感激的道謝著。

相形之下，媽媽好像就沒有什麼感激的心情。

# 11

## 又來了！

外婆非常開心，一下子家裡多了四口人。

「老人家就是這樣，喜歡熱鬧！」外婆的兒子女兒異口同聲的這麼說，也都覺得這個決定實在是很好。

「希望三妹從此能夠安定下來！」

「是啊！三姐不要再漂泊了，好好做吧！」

兄弟姊妹們都這樣說著。

「唉……」只有志隆的媽媽一個人唉聲嘆氣的。

「媽媽，來外婆家不是很好嗎？」志隆問著媽媽，他知道媽媽這個人比較情緒化，所以他時常得要留意媽媽的情緒，適時的「輔導」媽媽，還要幫她的念頭定睛在正面的事情上頭。

「妳外公真的是很不喜歡我。」媽媽跟志隆說著。

「外公都腦筋不清楚了！妳又何必跟他計較呢？」志隆不解的問著媽媽。

「他時好時壞，好的時候，他看我的樣子，都是冷冷的。」媽媽沒好氣的說著她的不滿。

「外公對所有的人都這樣，他本來就是冷冷的樣子，外婆則是很喜歡跟人接觸！」志隆好言的跟媽媽解釋著。

「我看到他看我的眼神，我好多事情都想了起來，我真的不知道為什麼我要在這裡替他把屎把尿的！」

由於外公的狀況一天比一天差，還會有尿失禁的現象，常常得要包著成人紙尿布。

「媽啊！」志隆沒好氣的叫著媽媽。

「我是說真的啊！」媽媽還是這樣說著。

「他是妳爸爸耶！他都已經倒退到跟個孩子一樣，妳還跟他計較這麼多喔！」志隆有點點生氣的說著。

「你知道他以前把我罵到什麼程度嗎？他從來沒有這樣罵過其他孩子！」媽媽講到這裡，臉上氣得冒出青筋。

志隆看著媽媽雙手握拳，激動到發抖的樣子，其實還滿嚇人的，他真的也不知道該怎麼辦才好？

「媽媽，過去的都讓它過去，好嗎？」志隆現在覺得媽媽很可憐。

「我也很想讓這些事情都過去，但是這些事情都會回頭來找我，讓我不得安寧啊！」媽媽也很煩惱的樣子。

媽媽煩惱，志隆也不好受。

「不過，好險，媽媽住在外公、外婆家，比較不敢放肆，找人來家裡打牌！」志隆唯一慶幸的是這點。

「媽！我有點事情要去辦一下，可以跟妳請個假嗎？」這天媽媽跟外婆這樣說道。

「好啊！自己女兒，有什麼問題呢？」外婆一口就答應。

「那你們晚上就自己買著吃，我不準備了喔！」媽媽這樣交代著。

「好！」外婆也答應了。

「爸如果有什麼事，志隆和他的表姐、表哥都在，都可以幫忙一下子！」媽媽這樣說著。

「好的。」外婆也答應。

「我大概傍晚就回來了。」早上要出門的媽媽這樣跟外婆說著。

「好，早點回來啊，省得我擔心。」外婆提醒說道。

「嗯嗯。」媽媽非常開心的出門去了。

到了傍晚，志隆的媽媽還沒回來。

「外婆，我媽媽去哪裡了啊？」連志隆都在問外婆。

「她說她有點事情要辦。」外婆說著。

「有什麼事要辦這麼久啊？」志隆心想著。

就在這個時候，電話鈴響了起來，外婆接起來。

「還沒辦完啊！朋友說留妳住在他們家！」外婆驚訝的說著。

志隆在旁邊，只聽到媽媽不斷的解釋，但是聽不到媽媽的講話。

「好啦！好啦！那明天趕快回來喔！」外婆掛上了電話。

「外婆，我媽說什麼呢？她今天晚上不回來嗎？」志隆問著外婆。

「你媽說你乾媽留她在她那裡過夜，明天再回來！」外婆跟志隆解釋著。

「喔！」志隆嘴巴上應著，心裡有種不祥的預感。

那天晚上，外婆和志隆以及表哥、表姐，忙裡忙外的打點著外公的事情。

尤其外婆非常辛苦，還要幫外公換尿布。

看著外婆上上下下的忙著，志隆不禁想到：「媽媽真是的，讓外婆來做這些事情！」

而且志隆心裡一直覺得媽媽可能在說謊。

等到外婆上樓睡覺時，志隆偷偷的打了通電話到乾媽家。

「乾媽啊！我要找我媽！」聽到乾媽的聲音，志隆這樣說著。

「志隆，你怎麼會找你媽找到我這邊來呢？她沒有在這裡啊！」乾媽好笑的說著。

「對不起，對不起，乾媽，是我弄錯了！」志隆連忙道歉。

一掛上電話，志隆嘴巴上就唸著：「說謊，媽媽在說謊，一定是跑去賭博了，才要這麼騙外婆！」

第二天一早，媽媽回到外婆家來。

志隆很懷疑外婆是知情的，只是睜一隻眼、閉一隻眼。

畢竟是自己的女兒，外婆對媽媽總是多一點的寬容，給她一個方便。

等到志隆要上學時，媽媽跟著志隆走到門口。

媽媽偷偷塞了一個小盒子給志隆。

「來，志隆，這個火柴盒小汽車送你！」媽媽高興的說道。

「媽媽，妳又去賭博了嗎？」志隆問著媽媽。

「不是啦！只是跟幾個老朋友打打小牌而已啊！我贏錢了喔！回來的時候還去敲人家店裡的門，要他們開門，讓我買一個火柴盒小汽車給你，你看，媽媽對你多好！」媽媽講得開心極了。

「哎喲！」志隆有點生氣的樣子。

「這個火柴盒小汽車是最新、最貴的，你同學一定都沒有，趕快帶到學校去給同學看！」媽媽得意的說道。

「媽媽，妳真的為了我好，就不要再去賭博了！也不要為了賭博，還要跟外婆說謊！」志隆這樣說著。

「沒啦！沒啦！」媽媽連說沒有。

「媽媽，我們要好好珍惜這樣的日子，外婆家的人都在幫我們的忙，我們不可以像扶不起的阿斗，讓人家傷心啊！」志隆好說歹說著。

「趕快去上學啦！要遲到了！」媽媽催促著志隆上學，來閃避這個話題。

# 12

# 誰來幫忙？

媽媽好像知道了個新方法，開始每隔一陣子就跟外婆說要出去辦事。

「好吧！好吧！」外婆對媽媽沒辦法狠下心來、拒絕她。

「外婆，妳應該不准我媽媽出去才是。」志隆跟外婆說著。

「是啊！奶奶，不應該讓三姑出去才是，她哪裡是在辦事情呢？」表姐對於志隆的媽媽老是找機會就要出去，也是很不滿意。

因為只要志隆的媽媽一不在，本來她在做的事情，就落在一個老的和三個小的身上。

「而且三姑是拿人家錢的，怎麼可以這麼不負責啊？」表姐非常不高興志隆的媽媽這樣。

「不要這麼說，她畢竟是妳的姑姑，不是我們請的下人，是親人！」外婆跟表姐說道。

「但是三姑真的愈來愈過分了，每次就找機會說要出去，太過頭了吧！」表姐真的是不高興到了極點，尤其之前志隆的媽媽在大舅家被貼字條，表姐一直覺得這個姑姑，讓他們家丟臉丟到了家。

「不要在志隆的面前這麼說！」外婆跟表姐說道。

坦白說，志隆自己也覺得很丟臉。

「三姑為什麼連安分的過日子都不會呢？」表姐還是沒好氣的說道。

這其實也是志隆心中的疑問。

這天晚上，媽媽又藉故出去辦事。

結果外公在家裡突然跌了下來，摔得不輕。

「誰來幫幫忙啊？」外婆焦急的喚著樓下三個小的。

結果這一老三小，用盡了各種方法，才把志隆的外公抬上床。

「我受不了這樣子了！」表姐幫忙將外公抬上床後，氣呼呼的下樓拿起電話就撥。

表姐打到自己爸爸家和兩個叔叔家，將志隆的媽媽跑出去的事，一五一十的跟這三家說道。

第二天正好是假日，一下子，外婆的兒子女兒就一起回來。

志隆的媽媽也一早回家來，不過……

一進門就滿屋子是人。

「妳去哪裡了啊？」志隆的二舅問道。

「我昨天住在朋友家。」志隆的媽媽回覆著。

「妳知道爸爸昨天晚上摔了下來嗎？」大姨媽也問著媽媽。

「真的嗎？」媽媽驚訝的張圓了眼睛。

「我說三妹啊！妳能不能安分一點，好好過點平靜的日子，就不要跑出去打牌了！」大姨媽因為是大姐，她就訓起這個妹妹。

「你們是來興師問罪的嗎？」媽媽一下子也火了起來。

「妳可不可以好好的講話，不要每次都這麼情緒化，可以嗎？」小舅舅也說話了。

「我為什麼不能有情緒，你們知道照顧老爸，這個壓力有多大嗎？我就不能出去透透氣嗎？」媽媽氣急敗壞的說著。

「而且……」媽媽繼續說道。

「你們誰有資格說我，只有我的媽媽有資格說我，你們憑哪一點來說我呢？」

媽媽又說到青筋爆露的樣子。

「憑我們每個月要付錢給妳！」這時候小舅媽說話了。

「那又怎麼樣？」媽媽有點「耍狠」的說道。

「妳不要不珍惜，我們每個月要出一萬塊錢給妳，這個錢我們留著自己花都很好用的啊！」小舅媽繼續說道。

「出錢就了不起嗎？你們這些做媳婦的，照顧公公婆婆是你們的責任，不是我們做女兒的責任，要不然妳來照顧啊！」媽媽對小舅媽和二舅媽喊著。

「你們錢是付給媽媽，媽媽再給我的，要管，也只有媽媽有資格管我，你們有什麼資格開口呢？」媽媽氣呼呼的說著。

「媽！妳說句話吧！」小舅媽轉頭向外婆說道。

「妳就少說一點，妳這樣當著我的面說妳三姐，不是在說我這個當媽的管教無方嗎？」外婆跟小舅媽這樣說著。

「媽！妳做人要公平一點，妳自己的女兒就捨不得說嗎？」小舅媽也大聲的跟外婆說著。

「好了！閉嘴，不准這樣跟媽媽大聲。」小舅要小舅媽不要講話。

「三姐，我們說實在話，妳真的在自己娘家照顧自己的爸爸媽媽，以媽媽的個性，不會虧待妳的，妳為什麼不好好珍惜這樣的日子呢？」二舅媽覺得不說點話，讓小舅媽一個人發言，好像有點不好意思，就這樣說道。

「你們以為爸現在好照顧嗎？」媽媽跟一屋子的兄弟姊妹們說著。

「你們也要有點良心啊！出了錢就什麼事都沒了嗎？我好歹是你們的兄弟姊妹，你們就不用來幫忙嗎？」媽媽跟自己的兄弟姊妹們說道。

「我們就是沒有辦法來幫忙，才出錢請妳來幫忙的啊！」大舅這時候也開口說話了。

「你要管我，先管好你自己的女兒吧！你這個女兒對我這個姑姑，一點好臉色都沒有。」媽媽跟大舅回嗆著。

「是妳自己不好好做的，不要推到我頭上來。」表姐聽到媽媽這麼說，非常不能諒解的說著。

「一定是妳打電話叫大家都來的吧！只有妳會這麼做！」媽媽對表姐這樣叫囂

著。

「是！就是我！」表姐也一口答應。

「妳本來就是去賭博，然後把事情都丟給外婆和我們三個小孩，是妳自己做不對的。」表姐很生氣的說道。

「妳少說點吧！」大舅也對表姐說話大聲點了。

「三姑如果做得正的話，我何必這樣子呢？」表姐跟大舅說道。

「好了！我還沒有死呢！我的女兒我自己管。」外婆大聲了起來。

「奶奶，妳不能這樣慣三姑啦！這樣她只會愈來愈嚴重，愈來愈常出去賭博！」表姐氣急敗壞的說道。

「好了！妳少說點！」大舅喝斥著表姐。

「是三姑造成我們的麻煩啊！」表姐繼續這樣堅持著。

就這樣，大家你一言、我一句的，愈吵愈兇，話題也愈扯愈遠。

「三妹，我這個做大哥的，總可以說妳幾句吧！」大舅做了結論。

而且大舅開的口，外婆基本上是疼大兒子的，所以不會有任何的意見。

「我們真心是想幫忙，也希望妳珍惜這樣子照顧爸爸、媽媽的機會，是自己的爸爸、媽媽，難道不能用心點、少計較點嗎？」大舅說道。

志隆的媽媽這時候滿臉不服氣的模樣。

滿屋子的人，也不知道該從何說起。

# 13

# 買房子

那個星期天早上，一家人吵成一團，但是也沒有什麼建設性的結論產生。

就這樣，媽媽在外公外婆家，繼續照顧著外公。

志隆和表姐、表哥，也從小學讀到了大學。

這當中，媽媽還是沒停的出去打牌。

而這一大家子的人，每隔一陣子，就需要湊在一起，「討論」家中這個老三又「不見」了，這該怎麼辦？

有一次，還鬧出一件事情來。

有一群人上門，拿著一張字條，跑來外婆家要賭債。

媽媽在房子裡頭怎麼都不敢出來應門。

因為對方一直按著門鈴，只要沒有人出來應門，那一群人就聚在門口、不肯離去。

外婆只好硬著頭皮出去。

「老太太，這是妳女兒欠我們的賭債，妳叫她出來！」帶頭的人窮凶惡極的說著。

「我跟她已經沒有關係了！妳找錯地方了！」外婆這樣說著。

「可是她身分證上的地址寫的是這裡，我們也知道這是她的媽媽家，妳叫她趕緊出來！」對方這樣說著。

「你們去告她好了，去警察局告她好了，這跟我一點關係也沒有，我沒有辦法解決，也不知道她在哪裡？」外婆壯起膽子說著。

由於外婆一直堅持不知道自己的女兒在哪裡。

對方帶著的那一群人，就把院子裡頭的盆栽、椅子都摔爛。

外婆和三個孩子、以及躲在房間的媽媽都怕得要死。

表姐趕緊在房間撥起警察局的電話，警察獲報來了之後，這一大群人才鳥獸散。

「婆婆，你們家是怎麼了啊？」鄰居經過這一鬧後，紛紛跑來問道。

「怎麼會惹上那種人呢？」

「婆婆，妳做人我們是很尊敬的，不過妳女兒這樣實在是不對啊！」

「這群人還會不會再來啊？」

鄰居們你一言、我一句的說道，外婆都不知道該怎麼辦才好。

「媽媽！妳是惹了什麼禍了啊？」志隆氣呼呼的問著媽媽。

「妳怎麼可以讓這種莫名其妙的人跑來外婆家，讓外婆去應付呢？」志隆質問著媽媽。

「我們不要理他們就好了啊！久了他們就不會來了！」媽媽一臉無所謂、雲淡風輕的說著。

「為什麼我們好好的、清清白白的作人，卻要因為妳，招惹到這種不三不四的人呢？」表姐對這樣的事情，極端不能接受。

「還沒有結婚的女孩，嘴巴不要那麼壞！替自己留點口德！」媽媽跟表姐挖苦著。

「妳少顧左右而言他了！明明是自己做不對，扯什麼有結婚、沒結婚的啊！」表姐冷冷的說道。

「媽媽妳真的不要愈來愈過頭了！連這種黑道都招惹上了！」志隆著急的問著媽媽。

「沒有啦！就是打牌錢輸光了，簽下字據而已，他們找不到我，也沒辦法怎麼樣啊！」媽媽說道。

「妳不是說都是跟自己的朋友打牌嗎？為什麼會有這種人出現，妳到底是去哪裡打牌啊？」志隆非常不安的問著媽媽。

「沒有啦！沒那麼嚴重啦！」媽媽還是一臉無所謂的樣子。

「妳什麼都是沒那麼嚴重，妳就不能讓我們不要操這種心嗎？」志隆沒好氣的反問著媽媽。

媽媽也不回答。

結果有一天，媽媽要出門買菜，就被這一大群人抓到，一大群人當場逼著要她還錢。

雖然媽媽表明根本沒有錢還，但是這群人還是不放過她。

然後這一群人就押著媽媽到了警察局。

媽媽所有的兄弟姊妹也被驚動到了警察局。

經過警察的協調之後，媽媽的兄弟姊妹要幫媽媽分期還這些錢。

家裡這一群人從警察局回到了外婆家。

「我先說清楚，這是最後一次，下次再有這種事情，我一毛錢都不會出的！」二舅首先發難。

「我們也是！」小舅媽也這樣子說。

小舅媽這樣說時，小舅舅還拉了她一把。

媽媽則是臉色鐵青，但是什麼話都沒有說一句。

等到這群人都走了以後。

客廳裡只剩下媽媽和志隆。

已經大學的志隆開口跟媽媽說著：「媽媽，妳在客廳等我一下！」

志隆就上樓去，拿了一個鐵盒子下來。

志隆一下子跪在客廳。

「志隆，你在做什麼呢？」媽媽連忙要扶起志隆。

「不，媽媽妳要答應我，我才要站起來。」志隆這樣跟媽媽說著。

「好好好，你說什麼我都答應你。」媽媽應了話。

「媽媽，這個鐵盒子，裡頭的存款簿，都是我自己打工存的錢！」志隆拿起盒子給媽媽看。

「妳一直很想有棟自己的房子，我真的一直努力在存錢啊！」志隆這樣說著。

「我快畢業了！等到我畢業了，就可以出去工作賺錢，我一定買一棟我們自己住的房子給妳，讓妳不用再寄人籬下，好嗎？」志隆繼續跟媽媽講著他的夢想。

「孩子啊！」媽媽也哭了出來。

「媽媽，我知道妳有妳的辛苦跟不滿，但是媽媽，求妳不要再去賭了，好嗎？」

「要不然，我們忙著要還妳的賭債，更沒有辦法買房子了啊！」志隆這樣跟媽媽懇求著。

「求求妳，答應我，好嗎？」

「媽媽！我這輩子從來沒有這樣求過妳，妳一定要真的答應我、而且做到，好嗎？」

「媽媽啊……」

志隆不停的說道。

媽媽也跪了下來，跟志隆抱頭痛哭著。

「我答應你，我答應你……」媽媽不停的這樣說道。

# 14

## 電玩

就在志隆讀大學的時候，外公過世了。

「那我們還要繼續請三姐嗎？」小舅媽在外公的喪禮結束之後，在家族會議上提了這個問題。

「我覺得還是要看媽媽的意思！」大舅這樣子說。

「可是，就像我以前說的，每個月，我們要出一萬塊錢，這個錢我們留在家裡面，其實很好用啊！」小舅媽又再表達了這個意思。

「是啊！孩子也都慢慢大了！我們也要替他們留點錢吧！」二舅媽也這樣開了口。

「二弟、三弟，你們的意思呢？」大舅問著。

「還是要以媽的意見為主才是。」兩個比較小的舅舅也同意大舅的想法。

「你們家的兒子還真是孝順媽媽啊！」

「是啊，我真羨慕媽媽有三個孝順的兒子呢！」

兩個舅媽妳一言、我一句的說道。

「還有……」小舅媽又提了個錢的問題。

「這次爸爸的喪禮，白包的錢總共有兩百多萬，這要怎麼處理呢？」小舅媽問著。

「也是給媽媽吧！」大舅直覺反應這麼說。

「可是那個白包的錢，都是我們的人際關係來的，將來我們都要包回去的啊！」小舅媽說著，二舅媽也點了點頭。

「讓媽媽身上有一筆錢留著，也比較安心吧！」大舅這樣說。

「而且，我的想法是……」大舅接著說道。

「將來媽媽百年之後，這筆錢如果還有，就給三妹，也都是她照顧著爸爸、媽媽的啊！」

「拜託，她是拿薪水的耶！」小舅媽首先嚷嚷了起來。

「妳就少說點，讓大哥作主！」小舅拉了拉小舅媽。

「是啊！我也覺得這樣子的處理方式好嗎？三姐也是有拿薪水的，而且還常常跑掉，讓我們找不到人，有必要還要幫她留筆錢嗎？」二舅媽也跟著同意小舅媽的說法。

大舅清了清喉嚨說道：「就好像公司也會幫員工準備退休金，我們本來也就應該為幫忙的三妹準備一筆錢啊！」

「大哥真是兄友弟恭啊！真是替你的三妹著想，那誰來替我們著想呢？」小舅媽抱怨著說。

「弟妹，三妹的腳真的不方便，媽媽一直覺得對她有點虧欠，我們在能力範圍內也盡量幫她一把，不要太計較了吧！」大舅跟小舅媽懇求著。

「給三姐錢真的是好事嗎？她會不會馬上又去賭掉了吧！」小舅媽冷冷的、揶揄著說。

「或許給志隆還比較好，那孩子還比較冷靜、明白事理，他比他媽媽管得住錢！」小舅舅這樣說道。

「你也有兒子，總要為你兒子多爭取一點吧！你倒是會替三姐的兒子爭取啊！」這次換小舅媽拉了拉小舅。

「三姐畢竟是嫁出去的人了！她有老公，她老公應該負起照顧她的責任，而不是我們這些人！」二舅媽說道。

「可是她那個老公就是那麼沒用啊！讓三姐一個人擔起養志隆的責任，錢也不給三姐，都給了他的媽媽！」二舅解釋著。

「我真是搞不懂，為什麼我們要替她擔這麼多的事情呢？」二舅媽也反問著二舅。

「兄弟姊妹本來就要互相幫忙的啊！」大舅也說道。

「我們幫她還不夠多嗎？她沒工作我們幫她生出工作。她欠賭債，我們想辦法幫她還。可是她有感激過我們嗎？說起我們來，還是怨氣衝天，我們有必要這麼護著她嗎？」二舅媽提出她的疑問來。

「她的腳那個樣子，她一直比較有被迫害的心理，總是希望多幫幫她，讓她能夠感受到比較多的溫暖啊！」大舅說著。

「然後我們就要跟著做喔！」小舅媽嘟著嘴說道。

「就以大哥說了算，妳不要意見這麼多啦！」小舅看了小舅媽一眼。

爾後，外婆的意思就是要留下志隆的媽媽照顧她。

「我年紀也漸漸大了，總要有人來照顧我吧！」

「媳婦會肯照顧我嗎？我自己的女兒照顧我，是比較習慣些啊！」

「我也不喜歡請外勞，年紀這麼大了，還要去解決語言的問題，沒這個心力了啦！」外婆絮絮叨叨唸了一堆，為的就是幫志隆的媽媽留著一份工作和薪水。

外婆的三個兒子也願意成全媽媽的意思。

就這樣，志隆跟媽媽還是繼續住在外婆家。

「媽媽，我能不能跟妳商量一下。」志隆的媽媽跟外婆提及，她想要多賺點錢、存錢買房子，所以想要在外面多打一份工。

「好啊！自己女兒，當然好商量啊！但是妳要去做什麼工作呢？」外婆問起媽媽。

「我有一個朋友在開電玩店，需要人幫忙站櫃台，很簡單的工作，就是平常晚上六點到十二點的晚班。」志隆的媽媽跟外婆說著。

「那麼晚喔！妳會不會太累呢？」外婆問起。

「不會、不會，可以多賺一份錢，將來也可以減輕志隆的負擔！」媽媽跟外婆解釋著。

「好啊！反正晚上我就回房睡覺了，妳也不用招呼我了，妳就去打工吧！」外婆答應了。

「我會把晚飯都做好，再出門去打工。」媽媽這樣說著。

「現在，我也好好的，妳不會太麻煩，白天下午的時候，妳就在房間睡覺、補眠，才不會累著！」外婆說到底，還是關心自己女兒的健康。

「謝謝媽！」媽媽非常開心的跟外婆道謝。

「妳不會又去賭了吧！」志隆聽到這件事，最關心的就是媽媽會不會又找機會去賭博了。

「不是，我是去賺錢呢！」媽媽很得意的跟志隆說著。

「那種地方安全嗎？」志隆還是有點擔心。

「就是小朋友打打電動而已啊！」媽媽說道。

「妳年紀也一天天大了，妳的身體這樣撐得住嗎？」

「我要幫我兒子買房子啊！當然撐得住囉！」

「錢我可以自己賺，媽媽的健康還是比較重要！」

「我知道啦！我也要照顧好我的身體，省得幫我兒子添麻煩啊！」媽媽微笑的說道。

「嗯嗯……」志隆欣慰的點了點頭。

# 15

# 東窗事發

志隆的媽媽去打工也一陣子了，她的作息都很正常。

「媽媽終於上軌道了！真好！」志隆開心的在心裡這樣想著。

這一天，表姐跟外婆、媽媽提到要出國去玩的事情。

表姐剛從學校畢業，也工作了一陣子，她存了三萬多塊，就一起放在奶奶的戶頭裡存著。

「奶奶，我要跟同事出國去玩，上次放在妳戶頭裡的三萬多塊，可以幫我領出來嗎？」表姐問道。

「好啊！要妳三姑領出來就好！」志隆的外婆這樣說著。

「錢還是存著比較好啦！不要那麼急著拿出來用啊！」志隆的媽媽這樣建議著，極力不贊成自己的姪女把錢領出來。

「三姑，妳這是做什麼啊？那是我的錢啊！妳怎麼意見這麼多呢？」表姐有點狐疑的說道。

「沒啦！就是覺得妳才大學畢業，不必急著出去玩啊！存錢比較重要啦！」志隆的媽媽解釋著。

「我覺得妳有點奇怪喔！有鬼喔！」表姐這樣說著。

結果有一天晚上，表姐趁著志隆的媽媽去打工時，在她的房間找出自己奶奶的存款簿。

「奶奶、奶奶……不好了，不好了！」表姐驚聲尖叫著。

志隆和外婆一下子都跑了出來，這三個人一下子都聚集在客廳裡。

「怎麼了？」志隆問道。

「有什麼要緊的事啊？這麼緊張！」外婆小聲的問著。

「那個三姑……你媽……」表姐滿臉驚嚇、講話也講不好。

「慢慢說來，寶貝，慢慢說！」外婆安撫著表姐。

「她把妳帳戶的錢都領光了啦！」表姐大叫著說。

「不可能，我媽不可能對外婆做這件事！」志隆不能置信的說道。

「什麼不可能，你媽還有什麼事做不出來的呢？」表姐氣得要死的樣子。

「我也不相信。」外婆也不相信自己的女兒會做出這種事來。

「不信，你們看這本簿子！」表姐把外婆的存簿丟在桌子上。

志隆趕緊拿起來看，的確是看到一次領了兩百多萬，現在外婆的存款數字是個零。

「會不會是誤會，媽媽可能只是把外婆的錢存到利息比較好的銀行呢？」志隆問著。

「這也要問過奶奶吧！」表姐說道。

志隆看著外婆。

外婆無奈的搖搖頭。

「我們先不要多想，都先回房睡覺去，明天早上再來問我媽，這樣比較好吧！」志隆建議著。

外婆點了點頭。

第二天一早，志隆和表姐、外婆都比平常早起許多，他們一早就聚在客廳裡、焦急的等著志隆的媽媽起床。

「早啊！大家今天都起得很早喔！」志隆的媽媽還開心的跟大夥兒打著招呼。

「媽！」志隆喚著媽媽。

「啥事啊？」

「妳有沒有把外婆的錢都提光了？」志隆緊張的問著媽媽。

結果媽媽臉色大變，完全說不出話來。

「是真的嗎？」志隆再大聲的問了一次。

媽媽還是不說話。

「妳不說，我去銀行查去！」表姐這樣說道，趕緊拿著外婆的證件，跑到銀行去做查詢。

結果志隆的媽媽果然是把外婆銀行的錢都提領一空。

大舅這些親戚馬上又被表姐召來。

「妳為什麼要這麼做呢？」大舅不解的問著志隆的媽媽。

「快說，錢都到哪裡去了呢？」小舅媽和二舅媽都焦急的問著。

「兩百多萬耶，不是筆小數目字，妳到底拿到哪裡去了啊？」連表姐都緊張的問著媽媽。

「媽啊！妳快說啊！然後把錢還給外婆，她一定會原諒妳的，就趕快把錢還出來吧！」志隆也急忙的勸說著自己的媽媽。

「錢都沒了！」媽媽哭著喊道。

「沒了？妳是怎麼用的，可以花這麼快？」志隆反問道。

「我把錢都投資到現在那家電玩店……」媽媽哭著解釋。

「那把股份再要回來就好！把錢還給外婆！」志隆這樣建議著。

「沒辦法了！」媽媽還是繼續哭著。

「為什麼？妳不願意還嗎？」志隆氣急敗壞的問道。

「不是不願意還，而是台北市政府最近在取締電玩業，我那家店前幾天關門了！」媽媽細細的訴說著。

「沒錯，報紙上有寫，前幾天台北市長下令取締電玩業。」小舅媽像是想起什麼來。

「全都沒了啊！」媽媽癱坐在地上。

「妳怎麼會把錢都放在電玩店呢？」大舅也沒好氣的問著。

「我看人家錢放在電玩店，都賺得很快，我想趕快賺到一筆，就跟著這麼做

啊！」媽媽邊哭邊說著。

「那也不能拿媽媽的錢啊！」大舅非常生氣的說。

「我只想挪用一下，等到賺回來就補回去。」媽媽說道。

「妳憑什麼這麼做呢？」表姐大聲的喝斥著媽媽。

「大哥也說那個錢將來是要給我的啊！」媽媽聽到表姐的話，反應就激烈了起來，又開始理直氣壯的說著。

「那是要給外婆的老本，妳怎麼可以這麼做呢？太不像話了！」志隆也氣到不行。

「妳是利用大家對妳的信任，幫媽媽管錢，就這樣挪走了，妳真是夠了！」小舅媽非常、非常氣的說道。

「真的都沒有了嗎？」志隆還是不相信的問著。

「沒了！」媽媽答道。

「一點都沒了嗎？」志隆再問一次。

「都被台北市政府查緝取締了！」媽媽哭喪著臉。

「妳……」外婆這才開了口。

「妳……為什麼要這樣對我呢？」外婆的話語很輕。

但是在場的人全都不說話了。

# 16

# 又要搬家

「我對妳不夠好嗎？」

「妳就是這麼怨我嗎？」

「我還要怎麼做呢？」

外婆小小聲的問了這幾個問題。

媽媽則是哭得更大聲了。

志隆也氣得大喊：「媽媽，妳真是夠了，我為什麼會有妳這個媽媽呢？」

志隆說完就衝回自己的房間去了。

他在房間裡頭摀著棉被，一直說：「真是夠了，我真是受夠了媽媽，她都死性不改……」

不過，大夥兒還不知道……

目前浮上檯面的，都只是冰山一角。

媽媽之前把奶奶的兩百萬領了出來，先是存成甲存，然後可以開支票。

因為投在電玩裡頭的錢都化為烏有，媽媽一急之下，就開了支票，到處借錢，以債養債。

這下子債主又都找上外婆家來了……

「這傢伙真是……唉……」大舅氣到說不出話來。

又是一些窮凶惡極的人，找上外婆家來。

有天，又是一群人來過外婆家後。

表姐終於忍不住、發飆了。

「我真的一點都不想再忍耐三姑了。」

表姐衝到三姑的房間，把她的東西，一件一件的往門外丟。

「妳最好趕快給我滾，我一點都不想再看到妳了！」表姐一邊丟、一邊罵著，而且把志隆的媽媽給推到門外去。

「表姐，原諒我媽吧！算我求求妳！」志隆跟表姐哀求著。

「妳這個媽替我們惹的麻煩還不夠嗎？」表姐的眼睛瞪得好大，志隆看了也會不寒而慄。

「別這樣，她終究是妳的姑姑。」外婆也勸著表姐。

「是姑姑又如何呢？她根本沒救了啊！」表姐氣得喊著。

「表姐，不要這樣，我們可以商量怎麼解決這件事情啊！」志隆小心翼翼的說著。

「夠了！我再也不能相信你媽，你是你媽的兒子，你們走，你們一起走，不要待在我們家了！」表姐非常、非常氣的說道。

表姐就衝到志隆的房間，把志隆的東西也給丟到門外。

「妳這是做什麼啊？」外婆也忙著拉住表姐。

「你們還有點臉，就不要再回來了！」表姐對著門外的志隆和他的媽媽這樣喊著。

表姐並且把大門用力的甩上。

志隆卻連門鈴都不想按。

「走吧！」志隆冷冷的對媽媽說著。

「我們真的已經替外婆添了許多麻煩了，真的應該要走了！」志隆說話時，臉上的表情卻是木然的。

「去哪裡呢？我們還有地方可以去嗎？」媽媽幽幽的說道。

「先去乾媽家吧！先去投靠她吧！」志隆把自己的東西收拾起來，往前走去，媽媽也趕緊在後頭跟著。

「唉！我早就勸過妳媽，不要亂開票，妳媽就是不聽！如果只是單純的把錢都投在電玩，沒了也就沒了，那也就算了。偏偏妳媽還亂開票，到一些奇怪的地方借錢，這才是最麻煩的啊！」乾媽跟志隆解釋著。

「那怎麼辦呢？」

「我不想再給外婆添麻煩了，外婆年紀這麼大了，都是窮凶惡極的人去家裡鬧她，我怕外婆受不了！」

志隆從頭到尾最擔心的就是外婆。

「我能力可以處理的，我們就先處理，這樣那些人就不會去妳外婆那裡找你媽！」乾媽說道。

「嗯，謝謝乾媽。」志隆頻頻點頭稱謝。

「你這個孩子，真的很辛苦，一直要為你媽擔待一些事情！」乾媽拍了拍志隆的頭。

「不，這次她這樣做，我也已經受夠了……」

「不用等到表姐把我們的東西丟出來，我都覺得我們應該要自己離開才對！」志隆跟乾媽這樣說著。

「我真的很恨她了！」志隆有點咬牙切齒的說著。

「明明有太平日子可以過，她卻不過，要去扯這種爛汙！」志隆仍然止不住的搖頭嘆息。

「先不說這些吧！先解決可以解決的才是。」乾媽鼓勵著志隆。

其實，志隆的媽媽，到處借的錢，單筆的數目都不大。大概都是五、六萬的數目字。

乾媽就先墊著，讓志隆先把那些債務處理掉。

但是在處理媽媽的債務的過程當中，志隆就聽說外婆搬家了。

志隆聽說外婆搬到小舅家的樓下，租了一層公寓。

「外婆是被騷擾到不堪其擾嗎？」志隆擔心的想著。

他跑到小舅家附近，在那裡看看有沒有外婆的蹤影。

等了好一會兒，志隆就看到表姐陪著外婆要去看醫生的模樣。

「外婆，對不起……」志隆躲在巷子裡面，看著外婆坐上計程車，他一個人自言自語的說著。

外婆的頭髮看起來白了許多。

「都是媽媽的不懂事，讓外婆操了許多心……」志隆還是忍不住埋怨著媽媽。

最讓志隆心疼的是……

之前離開外婆家的時候，外婆走路還滿「健」的……

怎麼才沒多久，剛才看表姐扶著外婆，外婆的步履蹣跚，有點舉步維艱的模樣，看起來就老了許多。

「外婆……」

「我好想妳喔！」

「妳要保重喔！」

計程車早就開了許久……

志隆對著空蕩蕩的巷道，這樣小聲的講著。

一遍又一遍的講著。

他還在外婆的家門外，仔細端詳了一下，不過什麼也都沒看見。

他只是非常生氣，媽媽又把好好的一盤棋給下壞了。

志隆此時此刻，真的不知道該怎麼原諒媽媽了！

# 17

## 乾媽

在乾媽家的時候，志隆也要面臨大學畢業了。

他還沒畢業時，就在系上老師的推薦信下，到一個科學園區上班。

其實志隆選擇這麼快開始上班的原因，就是為了離媽媽遠一點。

「你這樣好嗎？」乾媽問著志隆。

「我真的不知道該怎麼原諒我媽。」志隆這樣說著。

「而且我知道她可以在乾媽家住著，我其實也放心了！」志隆跟乾媽這樣說道。志隆的乾媽一直是單身，沒有結婚，所以媽媽在乾媽家住著，志隆並不會擔心。

「你媽這個人熱心起來真的是個好人，可是就是腦筋常常打結！」乾媽笑著這樣說。

「乾媽，讓我去外面工作冷靜一會吧！」志隆說道。

「也好啦！你放心吧！你媽在我這裡會很好的，我會照顧她的。你不用跟乾媽見外。」乾媽說道。

「嗯嗯。」志隆點點頭。

「志隆，看到好的女孩子，也要去追求喔！」乾媽跟志隆一直提醒著。

「我現在沒有心思在這上頭，我光是看我爸爸跟我媽的婚姻，我就怕到了……」志隆說道。

「乾媽就是怕你這樣，所以才提醒你……」

「你爸爸媽媽的婚姻是他們的，不是你的，你有你的人生，千萬不要受到影響。」乾媽這樣說著。

「乾媽，妳好奇怪喔！妳自己是單身，卻一直要我去交女朋友。」志隆笑著跟乾媽說。

「我自己也是啊！」乾媽笑得更大聲了。

「小時候我爸老是拿著菜刀追殺我，連我躲進房門，他都可以拿著菜刀在房門口敲，讓我怕得要死，這讓我後來大了，看到男人都怕，更別說是有個男朋友。但是，現在……」乾媽拍拍志隆的頭說。

「現在，如果可以的話，我會選擇去有個家庭！」乾媽這樣說著。

「乾媽，妳看看我的家庭，妳覺得有個家庭是件好事嗎？妳喜歡這樣嗎？」志隆冷笑著說。

「有個可以煩惱的人，有個可以付出的人，或許也是一種幸福，有一天你到我這把年紀、這個環境時，或許你會明白我說的是什麼。」乾媽淡淡的說著。

「當年我也氣我爸氣個要死，但是當他走的時候，我反而比我媽走更讓我難過，這真的很奇怪。」乾媽這樣跟志隆說道。

「我是這些年才發現……」

「發現什麼？」志隆好奇的問道。

「父母真的是會顯現我們最不能接受的那一點，好迫使我們去學習、成長，愛一個我們沒有辦法愛的人！」乾媽這樣說道。

「那我只能說，我的人生功課太難了！」

「外婆的人生功課也很難。」志隆頓了頓，想想又接著說道。

「我媽媽娘家的人的人生功課都很難修。」

志隆自己哈哈大笑了起來，卻是笑中有淚。

「志隆你有聽過你媽講你小時候的事嗎？」乾媽問道。

「沒有，不過我倒是常聽到外婆說到我媽小時候的事情。」志隆回答道。

「不只外婆，還有大舅也常常說到我媽小時候的事情。」

「你媽小時候的事是怎麼樣子的呢？」乾媽問著志隆。

「我媽常怨娘家的人，但是聽大舅他們說起來，外公、外婆反而是花最多心血在我媽的身上。」志隆答道。

「是啊！都是這樣子的。」

「怎麼說呢？」

「你小時候也是啊！」乾媽說道。

「你爸爸幾乎沒有拿什麼錢回家，都是靠你媽一個人養你。」

「那時候，你媽幫忙打掃、又去醫院當看護，錢賺得非常辛苦，但是所有你的東西全都是用好貨！」乾媽說著這些志隆不知道的故事。

「真的嗎？」志隆驚訝的問道。

「是啊！她也沒有跟你計較過啊！」乾媽這樣說著。

「我還記得，我們都說你小時候是貧窮貴公子，你媽抱著你出去時，人家都以為她是你的奶媽、佣人，從來沒有第一時間會想到你是她兒子，因為你穿得太好了，都是好貨！」

「唉！乾媽，我知道你所說的這些，但是可能我還在氣頭上，我需要冷靜冷靜，才能重新看待我媽這件事。」志隆跟乾媽說著。

「乾媽只是希望你不要像我一樣……」乾媽跟志隆解釋著。

「怎麼樣？」

「我其實是到了我爸過世之後，我才發現，我真的很愛我爸！」乾媽眼眶紅紅的說著。

「妳怎麼原諒他拿著菜刀追殺妳的事情呢？」志隆問起。

「其實我在意我爸的事還不是這把刀的事情！」乾媽說著。

「那是什麼？」

「我在青春期來的時候，有一次我穿了一件白褲子，結果月經來了，我並不知道，被我爸看到那個紅印子……」

「我爸就很大聲的用台語說了一句，怎麼會那麼三八！」

「這件事好像是件小事，但是我總是會在很多時候想起，然後會有一種很深、很深的羞愧感！」

乾媽說著這件事，臉上多了好幾分的迷惘。

「而且重點還不是在我爸說的這句三八……」乾媽「補充說明」著。

「是我爸在說這句話時，臉上那種嫌惡、不滿的表情，我永遠都忘不了，每次當我情況不是很好的時候，爸爸的那張不滿意的臉總會一而再、再而三的浮現出來！」

「拿菜刀追殺我，我躲在房間裡頭也看不到爸爸的表情，所以那真的不算什麼！」乾媽笑道。

「妳是怎麼放過這個部分的？」志隆問起。

「最後，等我愈來愈大的時候，我才發現，人如果沒有重新整理自己，通常他們只會跟著以前的父母，無意識的重複他們熟悉的方法，來對待自己最親近的人啊！」乾媽回答道。

「你媽在某個層面，她是個病人，你不覺得她所有的作為，只是在向別人要愛、要肯定而已嗎？」乾媽問著志隆。

「唉！是啊！」志隆點點頭。

「那你跟一個病人氣什麼呢？」乾媽笑道。

# 18

## 上班

志隆跟乾媽長談之後，帶著許多的疑惑到了科學園區上班。

由於這裡的工作非常忙碌，志隆也幾乎沒時間多想什麼事情。

這裡的辦公室，所有的打掃人員都是請外包。

有一天，志隆要進辦公室的時候，看到一位清潔人員，她和媽媽一樣有一隻腳是跛腳，她正在打掃，然後把垃圾袋要扛到樓下去。

因為這位清潔人員是往樓下走，志隆是往上走。

突然，從志隆的背後，傳來一聲驚呼聲。

志隆轉過身後，看到這位清潔人員倒在地上，垃圾也散落在樓梯上。

然後看到她像在划船一樣，努力的划著要把自己撐起來。

志隆趕緊衝上前去，把她扶起來。

「謝謝你喔，先生，謝謝你喔！」這位清潔人員連忙稱謝。

志隆也幫忙把這些垃圾再裝回垃圾袋。

「不好意思，怎麼可以麻煩你們正職人員呢？」

志隆突然也不知道為什麼，他就是很任真的對那位清潔人員說：「阿姨，沒關

係的，我媽也是清潔人員，我知道這很辛苦，是我自己想這樣做的，沒關係啦！」

「不好意思啦！這是我們分內的工作，也不是你們的工作啊！」這位清潔人員堅持自己來，志隆只好收手。

清潔人員一擺一擺的拖著一大包垃圾，往樓下走去。

志隆表面上是往上面走，但是他的眼睛一直注意著樓梯裡的這位清潔人員。看著她拖著垃圾，那麼沉重的往樓下走。

志隆突然想起：「媽媽做清潔工作的時候，也是這個樣子吧！」

志隆突然一陣鼻酸。

志隆開始滿腦子都是媽媽瘦小的身影，沉重的步伐，在那裡做著粗重的工作。

他馬上拿起電話，打到乾媽家。

結果接起電話的就是媽媽。

「嗯……媽……」志隆沉默了許久，才有勇氣喊了聲媽。

「志隆啊！工作得還順利嗎？」媽媽關心的問著。

「很好啦！」志隆答道。

「要記得吃飯喔！不要一忙就忘記吃飯了！」媽媽仔細的叮嚀著。

「媽媽……」志隆又叫了聲媽媽。

「怎麼了？」

「我們公司要員工旅遊，可以帶家人去，我想帶妳跟我們一起出國去玩！」志隆想到該跟媽媽說些什麼。

「真的嗎？」電話那頭的媽媽感覺聲音有點啜泣。

「妳想去嗎？」志隆再問了一聲。

「想啊！可是怕跟你們同事去，會讓你丟臉啦！還是不要去好了！」媽媽靦腆的說著。

「不會啊！妳是我媽有什麼好丟臉的啊？」志隆答道。

「我兒子長得這麼好，我這個不稱頭的媽媽去你們員工旅遊，會不會讓你的同事對你的印象減分啊？」媽媽問道。

「不會啦！媽媽，一個不喜歡自己出身的人，才會被別人看不起，才是真正的丟臉，妳是我真的媽媽，我們員工旅遊可以帶直系親屬，妳來，是一件天經地義的事情啊！」

電話那端，已經沒有說話的聲音了。

只有媽媽哽咽、啜泣的聲音。

「媽媽，讓我們都忘了過去，重新開始吧！」志隆說著。

「嗯……」媽媽在電話裡頭點頭稱是。

掛上電話之後，志隆覺得輕鬆了許多。

心裡頭的悶悶不樂也都消失無蹤。

志隆突然也想打個電話給外婆。

「哪位啊！」接起電話來的就是外婆。

「外婆，是志隆啊！」志隆不知道為什麼，一聽到外婆的聲音，整個人就不行了。

「志隆啊！你好嗎？」外婆焦急的問著志隆的近況。

「外婆，我已經在工作了，在科學園區上班，所以很忙，沒有空去看妳。」志隆跟外婆解釋著。

「沒關係，你媽媽好嗎？外婆好擔心你和媽媽。」外婆的聲音聽起來就是非常擔心的模樣。

「我們都很好，媽媽住在我乾媽家，我現在住在科學園區的宿舍裡。」志隆跟外婆報告著。

「外婆，對不起，媽媽把妳的錢都捲走了！」志隆跟外婆道歉著。

「都過去了！外婆已經原諒你媽媽了。」外婆這樣說道。

「外婆，給妳添麻煩了，我有去小舅家樓下偷偷的看妳，妳現在身體好像不是很好……」志隆跟外婆說道，而且是哽咽的說著。

「來小舅家樓下了，何必要偷偷看呢？你這個傻孩子。」外婆笑著。

這個時候，外婆的電話忽然換成表姐接了起來。

「志隆，奶奶不能跟妳說了，她人不太舒服，我們要送奶奶去醫院，先不跟你說了喔！」表姐簡單的說道。

「表姐，對不起，我媽媽的事情打擾到妳了！」志隆還是低聲下氣的跟表姐對不起。

「我現在沒心情想這些，奶奶身體不舒服，可能今天還會住院，先不講了喔！」表姐說完就掛上電話。

「外婆怎麼了啊？」志隆擔心著。

等到下班後，志隆回到宿舍，馬上用網路電話打給大舅。

「大舅，我是志隆啊！」

「志隆，先恭喜你喔，有個好工作。」

「謝謝大舅，大舅啊……」

「什麼事？」

「外婆怎麼了？身體不舒服喔！」

「就老了啊！很多毛病都出來了。」大舅解釋道。

「大舅，我媽媽已經不賭了，要不要讓媽媽再去照顧外婆呢？」志隆小心翼翼的問著。

「嗯……」大舅沒有說話。

「讓媽媽去照顧外婆，我們不要收錢，我現在已經會賺錢了，我可以養媽媽啊！」志隆跟大舅這樣說著。

「這我不能決定，我要跟其他兄弟姊妹商量。不過，很高興聽到志隆說到媽媽已經不賭了，這真是件好事啊！」大舅這麼說道。

# 19

# 員工旅遊

就在志隆上班後的第一個休假，志隆一回到家，就騎上自己的小綿羊摩托車，到醫院去看外婆。

由於不知道其他親戚對媽媽的看法，志隆沒有載媽媽前去。

而且志隆的住家，離外婆住的醫院非常遠，騎摩托車接近兩個小時的車程，簡直是「天壤之別」。

但是，志隆還是忍受顛簸之苦，騎著摩托車去看外婆。

「志隆，來了啊！」大舅一看到志隆，就給了他一個很大的擁抱。

不過志隆從其他親戚的眼神，看得出來有人並不是很歡迎他。

「志隆，怎麼來的啊？」小舅舅也問起志隆。

「從乾媽家，自己騎摩托車來的！」志隆回答著。

「那要震上快兩個小時啊！」小舅心疼著說。

「沒關係，最主要是來看外婆的。」志隆答道。

「我聽大舅說，你建議讓你媽再來照顧外婆，是嗎？」小舅問道。

「是啊！而且我覺得媽媽這次來照顧外婆，不要拿錢了！因為我已經會賺錢

了！我可以養活媽媽，媽媽就盡女兒的本分好好照顧外婆，而且媽媽以前也曾經當過看護，再沒有比她更適合的人了。」志隆這樣建議著。

「夠了，不要再找三姑來了吧！」表姐對於志隆的媽媽，簡直是反感到了極點，一點都無法忍受。

「她每次都在鬧，她不在的這段時間，家裡真的是清淨不少。」表姐再次強調她不喜歡志隆的媽媽。

「這次這個事情，我也是很氣媽媽，但是自從到乾媽家去後，媽媽就真的再也沒有賭了！」志隆幫媽媽講話。

「夠了！不要再試了吧！請她的錢，我們拿來請看護或者外勞都綽綽有餘，而且還家裡也有那麼多的人可以輪流，真的沒有必要去找三姑來了！」表姐這麼說著，連二舅媽和小舅媽都附和著。

「讓她回來啦！我希望她回來啦！讓老三回來啦！」外婆躺在病床上，用微弱的聲音說著。

「外婆！」志隆上前一把握住外婆的手。

志隆聽到外婆即使身體那麼虛弱，都還要自己的媽媽回來照顧她，志隆真的是為之鼻酸。

「我們是家人，也不是警察，她做錯，我們要幫助她改好，而不是排斥她啊！」外婆這樣的說著。

「嗯嗯，謝謝外婆、謝謝外婆……」志隆的鼻子、眼睛、心都跟著酸了起來。

「這我們可以討論，媽媽身體不好，大家在病房就少說點吧！」大舅這樣「裁示」著。

大舅示意要大家都到病房外去，志隆要出去前，外婆還用了僅有的力氣，稍微握了握志隆的手。

志隆跟外婆點點頭。

到了病房門口，親戚們真的是大鳴大放了。

個性一向急躁的小舅媽忍不住說話了：「媽要維護自己的女兒，也要顧慮到讓我們好做事吧！之前光是要解決那些上門討債的人，我們都不知道死了多少腦細胞了！結果竟然還要回來！」

「可是媽的意思也沒錯，總是自己的親人，她有意思改好，我們本來就要拉她一把啊！」大舅跟外婆的意思總是比較接近。

「我是不贊成啦！」二舅媽也持反對票。

外婆的女兒們也是各種意見都有。

大舅一下子也做不成決定。

「志隆，不好意思，讓你看到我們討論的經過，希望不要讓你難堪才是！」大舅這麼跟志隆說著。

「不會啦！我媽媽是做錯事！但是媽媽真的這次也有改了，這我是確實看見的啊！」志隆堅持著。

「太晚了啦！早點改就沒事了。」表姐冷言冷語的說道。

「表姐，我跟妳從小一起長大，妳知道我對於我媽也是有很多不滿的，但是這次她真的改變了！」志隆跟表姐訴說著。

「請妳給我媽一個機會，好嗎？」志隆跟表姐乞求著。

「志隆，不要這麼說，跟自家人說話，真的不要那麼客氣，大家只是在商量，怎麼幫妳的外婆照顧到最好……」大舅這樣說。

「你再怎麼樣也是三姑的兒子，你當然維護她囉！」表姐沒好氣的說道。

「是啊！是啊！」二舅媽和小舅媽也都附和著。

這件事就在病房的門外討論到不了了之。

「既然已經清楚的表達我的意思了，就先放下吧！」志隆這樣想著，也就不去管媽媽到底能否回去照顧外婆。

志隆照著原訂計畫帶著媽媽參加公司的員工旅遊。

志隆上班的公司是個上市、上櫃公司，每年的員工旅遊，公司的福委會都安排的相當穩妥。

正確的說，是豪華。

志隆他們這次的員工旅遊是在巴里島。

這也是媽媽第一次出國。

「我這個土包子第一次出國會不會給志隆丟臉啊？」媽媽不斷的問著志隆。

「媽啊！妳已經問我快二十遍同樣的問題了！從來沒有出過國有什麼好丟臉的

啊？」志隆不解的問道。

「可是在飛機場如果海關人員問我別國的話，我都答不出來怎麼辦啊？」媽媽一直很緊張自己的水準不高，讓同事們笑話志隆。

「媽媽，妳不要擔心啦！我們同事很多都是鄉下孩子，我們公司專門找那種刻苦耐勞的人來科學園區上班，大家的家人都是土包子啦！妳不要一直操煩這件事，好嗎？」

「是喔！是喔！那就好！」媽媽前一秒鐘才安下心來。後一秒鐘，媽媽又開始問道：「那我那天跟你去玩，要穿什麼衣服才好，比較不會讓你丟臉啊！」

志隆實在是很想大叫，要媽媽不要再這樣問了。

但是回頭想想……

志隆也很心疼……

「原來媽媽的自卑感這麼的深！」志隆在心裡這樣想著。

頓時，志隆對於媽媽的某些不滿，又再釋放了許多……

志隆細聲的跟媽媽說著：「媽啊！妳只要開開心心的去玩就好了！我就是要跟同事介紹妳是我媽，妳就自自然然的跟我去玩，平常妳是什麼樣子，就是什麼樣子，都不用特別打扮、假裝！」

聽到這句話的媽媽，好像吃了最大顆的定心丸，就再也不問什麼了。

# 20
# 外婆招手

志隆帶著媽媽順利的參加了公司的員工旅遊。

這家公司的同事們教養都很好，對媽媽也都很好，讓媽媽有種非常、非常被接納的感覺。

「你們公司的素質真的很好耶！志隆！」媽媽也這樣跟志隆說著。

「當然要好囉！每個同事都要有三封介紹信才進得來，怎麼可能素質不好呢？」志隆這樣說著。

「嗯……」媽媽看到志隆能到這樣的好公司，她一直流露出欣慰的表情。

回來，志隆看著去玩的照片，他這輩子，從來沒有看過媽媽笑得這麼開心過。

尤其是媽媽還去玩了水上摩托車，坐在車上，媽媽完全看不出來腳有問題，整個人就像正常人一樣，媽媽的笑容非常燦爛。

志隆忍不住跟媽媽說道：「媽啊！妳的五官其實長得很漂亮，妳長得很像大舅、也很像外婆。」

「有嗎？」聽到志隆這麼說，媽媽笑得更開心了。

「難怪大舅、外婆對妳特別好，你們是同一國的。」志隆這樣說道。

「怎麼了嗎？」聽到志隆這麼說，媽媽有點狐疑的問道。

「沒有，沒有。」志隆連忙搖頭。

「是妳外婆怎麼了嗎？」母女連心，媽媽這樣問著。

志隆低頭不語，他真的說也不是，不說也不是。

「你快說啊！外婆到底怎麼了嗎？」媽媽催促著志隆。

志隆還是不知道該說不該說。

就在這個時候，志隆的手機響起了。

「是大舅！」志隆看著電話。

但是有老人家在住院時候，電話鈴聲總讓人特別害怕。

「怎麼不接電話呢？」媽媽焦急的問著。

「嗯……」志隆很難描述他的心情，這個時候，他真的很怕接起來是不好的消息。

志隆的心裡總是巴望著，媽媽跟外婆之間，有個美好的收尾。

「老天爺不會讓我媽和外婆，連這樣子的機會都沒有吧！」志隆這樣想著，大熱天的，但是電話鈴聲讓他冒起了冷汗。

「快接啊！不要這樣拖拖拉拉的，你大舅一定是有什麼事才急著找你的啊！」媽媽催促著。

「啊！」但是媽媽自己在說這句話的過程當中，也突然想了起來，或許是什麼不好的消息呢……

媽媽腦筋轉了一下，知道志隆不敢接電話的原因。

「該來的還是要來，接吧！」媽媽這樣勸著志隆。

「大舅！」志隆接起電話了。

「志隆啊！快帶你媽媽來醫院一趟，外婆要見見你媽！」大舅跟志隆焦急的催促著。

「是外婆怎麼了嗎？」志隆害怕的問著。

「沒有、沒有，外婆好得很呢！」大舅說道。

「她的狀況比較好了！所以有力氣罵人了！想見你媽媽！」大舅在醫院那端笑著說。

「好好好，我馬上帶我媽去讓外婆罵她一頓，好好好，馬上到喔！大舅！」志隆開心的說著。

聽到外婆要罵媽媽了，志隆真是高興到爆了。

媽媽也非常高興。

外婆是個很敦厚的人。

這真的很奇特，聽到外婆要罵人了，大家都高興的不得了。

志隆騎著他那破舊的小綿羊摩托車，載著媽媽，盡量飛快的騎到外婆住的那家醫院。

「我就是因為把妳的腳生壞了，一直護著妳，這次妳做得真的太過火了！知道嗎？」外婆坐在病床上，正色的對媽媽「訓話」。

外婆雖然表情很嚴肅，但是志隆總有一種外婆是罵媽媽，罵給那幾個媳婦看的感覺。

「妳自己知道自己錯在哪裡了嗎？」外婆問著媽媽。

「我以後不會再去打牌、賭博，或者碰那些賭博性的電玩了，媽媽，我真的改

了！」媽媽低頭說道。

「外婆，是真的，我乾媽也可以作證。」志隆幫著媽媽說話。

「就是啊！妳不為妳自己，好歹也要為妳這個好兒子，為他多留一點好德行吧！」外婆還是嚴厲的訓著媽媽。

「媽媽，我知道我錯了，妳說得都對。」志隆的媽媽可能也知道自己這次，事情惹得有點大條，所以態度和以往迥然不同。

以前志隆的媽媽，總是一副全天下的人都對不起她的模樣，今天居然低聲下氣的承認不對。

「好！」外婆清了清喉嚨。

「那麼，妳就還是回來照顧我！」外婆這樣說道。

「外婆，媽媽回來照顧妳，她可以不要拿錢，我已經賺錢了，我可以養媽媽，讓媽媽好好的照顧妳老人家。」志隆在一旁補充說明著。

「這不能這樣，我這個老人家本來就需要人照顧了，這條錢本來就該花的，怎麼有外孫養女兒，女兒來照顧我的道理呢？」外婆說道。

「我和兩位弟弟商量過了，還是請三妹來照顧媽媽，錢還是照以前的薪水算給三妹。」大舅說著。

「爸！」志隆的表姐不服氣的叫著。

「這樣好嗎？」二舅媽和小舅媽也不太願意的樣子。

「這也是我的意思，你們難道不願意養我嗎？」外婆正色的說道。

「不是不願意養妳，而是三姑老是出問題，這樣讓我們不放心。」表姐尚有疑慮的說道。

「如果她再出問題，以後就絕對不會找她回來了，這是最後一次的機會。」外婆定定的說著。

「是，這也是我和兩位弟弟討論的結論。」大舅也說道。

「謝謝三位舅舅，謝謝……」志隆沒停的說謝謝。

「志隆啊！自己工作的錢要去存好，替自己留一點下來，知道嗎？」外婆叮嚀著志隆。

「外婆，謝謝妳，謝謝妳，謝謝妳給我媽這個機會，也謝謝妳給我這個機會，謝謝……」

志隆含著淚水不斷的感謝。

而且志隆這才發現，滿屋子的人，眼眶都幾乎紅了。

# 21

# 外婆過世

雖然大家都眼眶紅了。

但是人性還是有趣的。

「這樣她偷的錢也都一筆勾銷，不用還了嗎？」小舅媽問著。

「是啊！那樣我們以後也不用做對，光做錯事就好了啊！」表姐不服氣的數落著。

這樣的話傳到外婆的耳朵裡，外婆是不會去跟小舅媽說，但是表姐是外婆的大孫女，外婆是會對她說實話的。

「做人不應該這樣子！」外婆勸戒著表姐。

「奶奶，我是真的覺得不合理，這樣的處理方式。」表姐也老實的說道。

「我有跟妳說過這個聖經的故事嗎？」外婆是個天主教徒，雖然沒有多虔誠，但是常常會說些聖經的故事給孩子們聽。

「哪個啊？」表姐沒好氣的說。

「有一個大富翁，他有兩個兒子，小兒子早早就要父親分家產，他就到外地揮霍光了。」外婆說道。

「沒聽妳說過。」表姐搖搖頭說。

「反正，小兒子因為窮途末路，在外地當奴工，做到一半，他想著，我還是可以回我爸爸那裡當奴工，生活也比現在好。」

「結果小兒子回去的時候，爸爸老遠知道他回來了，就拿著袍子去給他披上，還是讓他繼承他的家業。」

「結果大兒子就不服氣了。他說……」

「我這樣辛辛苦苦的在爸爸的身邊工作，結果弟弟在外面揮霍，但是回來後還是可以有兒子的名分，爸爸這樣的做法，公平嗎？」

「聖經裡頭的故事，是透過這三個父子，讓我們看到，上帝對我們的愛，就像是故事裡頭的爸爸一樣，那是沒有條件，要辛辛苦苦的工作得來的，上帝就像爸爸一樣，就是愛自己的兒子。」

「那又怎樣呢？」表姐沒好氣的說著。

「是有怎麼樣！這表示我們做人不要有大兒子那種奴僕的心理，而是要去理解那個爸爸的愛才是。」外婆好言的對表姐說著。

「對不起，好難理解，太深奧了。」表姐這樣跟外婆說。

「寶貝，奶奶不愛妳嗎？」外婆問著表姐。

「我知道奶奶愛我，但是……」表姐說道。

「但是什麼？」外婆問道。

「三姑不值得妳這樣對她，她做得這麼糟。」表姐這樣說。

「以後妳自己有孩子了，妳就會明白，愛就是愛，那是沒有辦法區隔的。」外婆淡淡的說道。

「或許吧！但是我現在真的沒有辦法可以理解。」表姐說著。

「一定會有那麼一天的，奶奶相信有一天妳一定會理解到這種愛。就像奶奶愛妳一樣，寶貝。」外婆跟表姐說著。

結果奶奶回家後，志隆和媽媽也回到了外婆家。

這次，志隆的媽媽真的安分守己的打點好自己媽媽的事情，也沒有出去打牌、賭博了。

結果外婆回去沒多久，就意外跌倒、摔了一大跤。

外婆又要住進了醫院。

「都是我不好，我沒有照顧好媽媽。」志隆的媽媽責備著自己。

「也不能這麼說，老人家本來就是這樣啊！很容易有個意外。」大舅倒是反過來安慰著志隆的媽媽。

但是外婆這次住院，情況反而比上次的狀況危及。

醫院還發了好幾次的病危通知。

「媽媽，請為我活下去吧！我還想多照顧妳幾年！」

「媽媽，請為我活下去啊！」

志隆的媽媽不停的哭訴著這句話。

「孩子啊！」有一天，外婆突然精神好一點了，她叫著志隆的媽媽。

「看到妳這樣，我已經覺得很滿足了！妳有個好兒子，妳自己也應該滿足了，這是妳人生的榮耀啊！」外婆說道。

「媽媽，我現在好後悔，為什麼我這麼晚才想通呢？」

「為什麼我要付出這麼大的代價才想得通呢？」

「我覺得太晚了啊！」

志隆的媽媽滿臉悔恨、哭著這樣說。

「回頭想想，我讓媽媽操了這麼多的心，我真的是不孝啊！」

「可是就像是著魔一樣，以前妳這麼護著我，大哥他們這麼幫我，我都看不清楚！」

「要花了那麼多的錢，敗了那麼多的錢，把媽媽的老本都花掉、我才看清楚，真的是太晚了啊！」

志隆的媽媽現在說的話，都是以前表姐和兩個舅媽說的台詞。

「不會！」外婆微弱的說道。

「一點都不會晚……」

「只要妳想通了，就真的什麼都不晚！」

「媽媽覺得如果花上那筆錢，能夠讓妳想通，媽媽覺得這筆錢就太值得了！」

外婆微笑著說道。

「但是，我沒有辦法原諒我自己。」志隆的媽媽難過的說著。

「我這輩子，心裡頭覺得最遺憾的人就是妳，但是人生走到這裡，可以跟妳有個好的化解，媽媽覺得很幸福了。」外婆這樣說道。

「媽媽，再多活一點時間，讓我孝順妳啊！」

「媽媽，請為我活下去，好嗎？」

志隆的媽媽一直這樣祈求著。

她乞求著自己的媽媽，也跟老天爺求。

外婆那天真的是精神好到不行。

趁著精神好，跟每個後輩還好好的講了講話。

結果第二天一早，外婆就走了。

走得非常安祥。

走的時候，大部分的家人都在醫院附近，趕到醫院看了她最後一面。

因為她是天主教徒，大夥兒、不管是不是教徒，都為她唱了幾首詩歌。

「外婆走得好好喔！好安祥！」志隆紅著眼眶跟大舅說道。

「是啊！」

「外婆的人生都圓滿了，特別是跟妳媽之間的關係，我相信這是外婆沒牽掛走的最大原因。」大舅欣慰的說著。

志隆則是不捨的點了點頭。

# 22

# 檢查結果

外婆走了之後沒多久，剛好媽媽掛在工會的勞保年資也到了，於是她領了一筆退休金。

媽媽把這筆錢給了志隆，讓他當作頭期款買了一棟中古的兩房公寓，母子兩人就落腳此處。

「媽媽，我們兩個終於有了自己的房子！」志隆真的沒想到他們會有今天，覺得人生真的非常幸福。

「唉！都是我沒有照顧好外婆！」媽媽卻一直沉浸在內疚感當中。

志隆的工作很忙，每個星期才會回家一趟。

媽媽自從外婆過世後，就有點懶洋洋的，哪裡都不想去，成天待在家裡睡覺。

後來因為牙齒不舒服，她去看牙醫時，醫生說那是牙周病，竟然一下子把所有的牙齒都拔光了。

「媽媽一下子看起來老了許多！」看到媽媽這個樣子，志隆的感覺滿奇怪的。

而且因為牙齒不舒服，志隆的媽媽更不愛出門了，整天就躺在家裡面，人愈來愈沒有精神。

「腰又開始痛了！」人在家中坐，病痛還特別多。

志隆的媽媽因為腰痛，到某大教學醫院去看骨科。骨科醫生說那是她的跛腳的姿勢所起的不適，要她來醫院長期復健，並且開了止痛藥給她。

「人老了！沒用了！」志隆的媽媽一天到晚這麼說著。

「媽啊！妳還算年輕，好好的把病養好，我才可以帶妳到處去玩啊！以後我的員工旅遊，妳都要跟我去耶！」志隆鼓勵著媽媽。

「我覺得好累喔！真的玩不動了！」

「牙痛、腰痛，整個人就是很不對勁，人生活著真的是只有一個累字！」媽媽老是喊著累。

牙痛倒是還好，牙齒重做後，雖然有咬合要注意，但是還算好。

不過那個腰痛，志隆的媽媽愈去教學醫院治療，反而痛得更厲害了。

「我看換一家醫院看看好了，大醫院也不見得有用！」志隆這樣跟媽媽建議道。

「妳四阿姨要陪我到家附近的省立醫院就診看看。」媽媽這麼說著。

但是到了省立醫院，知道她在教學醫院的就醫狀況，他們也就蕭規曹隨，檢查為骨頭的問題。

「可是復健我也做了，藥我也吃了，但是一點進展也沒有啊！」媽媽覺得看醫生看多了，反而愈來愈不想看。

「三姐，這樣不行喔！妳真的不太對勁！」小舅媽非常懂得去跟醫院互動，她覺得志隆的媽媽狀況不太對勁。

「妳不覺得妳的肚子像是有腹水的樣子嗎？」小舅媽問著。

「是最近才這樣的，以前沒有啊！」

「我帶妳去一家宗教單位開的醫院檢查看看，他們的醫生都滿年輕、也不是名醫，不過檢查得很仔細，妳這樣子，我不是很放心。」小舅媽這個人，個性很耿直，以前是看志隆的媽媽做事很離譜，對她批評甚多，但是小舅媽說過也就忘了，而且個性熱心，特別是在這種看醫生的事情上，她常常樂意帶人去做更詳細的檢查。

在她的強力勸說下，志隆的媽媽就去這家新的醫院做了詳細的健康檢查。

不過，醫生整個在評估檢查報告時的態度，跟以往非常不同。

感覺上……

好像有什麼大消息要確認一樣。

這下子，志隆也跟著緊張了起來。

「小舅媽，我媽很嚴重嗎？」志隆從科學園區的宿舍打了電話給小舅媽。

「真的不太樂觀耶！」小舅媽說著。

「怎麼會這樣？」志隆不可置信的問著。

「她怎麼那個腰痛會拖那麼久呢？」小舅媽問著。

「那是間名校的大醫院，主治大夫也是個名醫，很多人推薦去那裡看門診，她也看了兩年了，怎麼醫生一點警覺都沒有，都沒有勸我們要去做其他的檢查呢？」志隆好不生氣。

「先等等看吧！先不要急著怪醫生，反正也沒用。」小舅媽說著。

看檢查結果的那天，志隆特別請了天假，跟小舅媽一起陪著媽媽去醫院看檢查報告。

結果……

媽媽竟然得的是卵巢癌，而且是第四期了。

「那個腰痛竟然是卵巢癌？」志隆不可置信的問著。

「是！」醫生簡短的回答。

「為什麼那家大醫院沒有檢查出來，一直跟我媽說是骨頭的問題，我們還一直看骨科耶！」志隆大聲的說著。

「真的是太離譜了！」小舅媽也震驚的說。

「而且還是第四期，癌症末期。」媽媽一下子也愣住了。

「現在能做的是什麼呢？」志隆急切的問著醫生。

「我們現在能做的就是化療而已！」醫生說著。

「算了啦！已經是第四期，我什麼都不想做了！」媽媽這樣說著。

「媽媽，不行啦！妳不能放棄啦！」志隆哭著說。

「媽媽，妳要為我活下去啊！」志隆也一直說著這句話。

但是，志隆在這樣喊時，他突然覺得這句話好耳熟喔！

「你怎麼跟我說的一樣，大前年，我也是一直要外婆要為我活下去啊！」媽媽說道。

媽媽這麼說後，志隆就想起來了，自己現在所說的話，都是……

當初媽媽在外婆的病榻上對她說的。

真的是一模一樣。

「媽，妳跟外婆不太一樣，妳年紀輕多了！妳要勇敢的活下去啊！」

「醫生說可以做化療，妳就來做啊！」

「是啊！三姐，要努力活下去啊！好歹看到志隆結婚生子才是啊！」小舅媽已經哭紅了眼睛。

以前有再多的恩怨，放在死亡的面前，那些都化為烏有了。

「我累了！」

「自從媽媽死了之後，我就覺得好累，真的不想做這些玩意了。」

志隆的媽媽這樣說道。

「媽媽，妳怎麼可以這麼自私啊？」

「妳不為妳自己，也要為我活下去啊！」

「媽媽，妳要為我活下去啊！」

志隆可能對於檢查報告有點震驚，他拼了命，只想鼓勵媽媽要替他活下去，不要一點求生的意志都沒有。

# 23

## 爸爸

媽媽得了卵巢癌後，志隆和媽媽才想起來，這件事好像應該跟爸爸說一聲。

「是應該跟他說去，但是我不知道跟他說，對於我的生命何干？」志隆這樣說道。

「不要這樣說，那畢竟還是你爸爸，如果我走了，你理當跟他一起生活才是！」媽媽對志隆說道。

「可是他每次看到我就要對我擺爸爸的派頭，他以為他是誰啊？」

「他以為他自己是個好爸爸、好先生嗎？」

「有點自知之明，好嗎？」

志隆只要說到爸爸，說話都說得特別溜，而且都是那種負面印象的話語。

「你這樣，我怎麼放心走呢？」

「我走了以後，你在這個世界上唯一的親人，就是你爸，可是你跟你爸像個仇人一樣，這樣我怎麼放心走呢？」

媽媽這樣說道。

「如果不放心，就不要走啊！」志隆跟媽媽撒嬌。

「這哪由得我呢？」媽媽苦笑。

「還是去跟你爸說一聲我的狀況。」媽媽跟志隆這樣說著。

志隆只好「勉為其難」的打了通電話給爸爸，跟爸爸說著媽媽的病情。

等到船靠岸了，志隆的爸爸趕緊到了志隆和媽媽住的家中。

「怎麼會這樣子呢？志隆你怎麼照顧你媽媽的啊！」爸爸一開口就是念著志隆，怪他沒照顧好媽媽。

「你有什麼資格說這句話呢？」志隆問著爸爸。

「你有照顧媽媽和我嗎？你光是應付阿嬤都來不及了，根本從來沒有好好照顧到我們母子！」志隆說起來就有怨。

「好了！志隆，少說點。」

「我要你爸來，不是要他來聽你數落他的！」

媽媽跟爸爸和志隆一起解釋著。

「我走了以後，你們父子倆要相依為命，千萬要和好啊！不要這樣見了面就吵！」媽媽耳提面命著。

「媽媽，我不准妳這樣說，妳要努力的治療，好起來才是，不要說這種喪氣話！」志隆說道。

「我自己的身體我自己知道，我是真的不要做那個化療，又不舒服，倒不如好好等死就好。」媽媽解釋著。

「妳也辛苦了一輩子，千萬要好好的活下來，享享志隆帶給妳的福！」爸爸跟媽媽這樣說。

「我已經享到了，兒子還帶我去員工旅遊呢！」媽媽欣慰的說著。

「還有，這也是他付貸款買的房子，我們這一輩子沒有買過自己的房子，結果兒子做到了，真的是比我們強多了！」媽媽對著爸爸說。

「我真的很不好！」聽到媽媽這樣說，現在換爸爸懺悔了起來。

「我實在是對不起妳，沒有好好照顧妳啊！」爸爸難過的哭道。

志隆此時此刻也不知道該說些什麼。

雖然他覺得爸爸說的一點也沒有錯。

「讓妳辛辛苦苦的帶著孩子東奔西跑，我真的是好無能喔！」爸爸愈說愈自責，滿臉愧疚。

「是我們兩個都虧欠了志隆，他生到我們家，沒有享到福，反而一直要替我們做父母的擔待許多責任，真是難為他了，所以……」媽媽跟爸爸繼續說著。

「你不要罵他，碰到他就一直念他，他已經是個很好的孩子了，我們應該很欣慰他願意來當我們的兒子。」

「不要再說這種誰虧欠誰的話了！媽媽，要好好活下來，這才是我最大的福氣，讓我可以孝順妳。」志隆說著。

「我記得有一次，志隆小的時候，一直要我們帶他去騎腳踏車，結果我們兩個一直沒空，你後來也就上船了……」媽媽說著很久以前的一件事。

「我一直希望有一天，我們一家三口能夠一起去騎腳踏車，今天天氣很好，陪我去好嗎？」媽媽這樣說道。

「當然好囉，只要妳想騎腳踏車，等妳病好起來，我會盡量帶妳去的！」爸爸紅著眼睛這樣說。

於是志隆和爸爸媽媽就到河濱公園去。

三個人各租了一輛腳踏車，在河濱公園騎著。

志隆帶著數位相機，拍著爸爸媽媽騎車的情景。

「好像去巴里島騎水上摩托車的樣子！」志隆在心裡想著。

媽媽可能真的很在意她的腳，所以騎腳踏車、水上摩托車這樣的活動，她都非常樂意拍照。

照片裡頭的媽媽，看起來就完全健康的模樣，笑得非常可愛與陽光。

在志隆記憶所及，他們這一家人，好像從來沒有這樣一起騎腳踏車過。

「小心點，騎腳踏車還是個危險的活動，不要大意了啊！」看著那兩個老的騎得很快，志隆大聲的喊著。

「小心點……」隔壁也傳來這樣的聲音。

原本志隆以為是地方太空曠了，有回音。

結果發現是隔壁一家四口的對話。

「爸爸，跑快一點，追上我喔！」

「妹妹是騎腳踏車，我是跑步，很累的耶。」

「妹妹和爸爸這樣子，哥哥你看……」這家的女主人要兒子看著。

「媽媽，這好像在遛狗喔！」兒子這樣跟媽媽說著。

「哈哈哈……」然後他們一家四口都狂笑了起來。

志隆在旁邊也笑得很開心。

他們這樣一家子的畫面，志隆在自己小時候的印象中，從來沒有過。

今天跟爸爸媽媽一起來騎腳踏車……

這對爸爸媽媽都已經是老年了。

而且媽媽還是癌症第四期的病患，隨時都有可能要走。

「生命的意義在哪裡呢？」志隆不禁這樣想著。

突然之間……

聽到一聲巨響。

爸爸高聲的喊道：「志隆，快來幫忙啊！」

志隆趕緊衝了過去，看到媽媽倒了下去。

「早就跟她說，這裡風這麼大，不要來，她偏要……」爸爸又在那裡碎碎唸個沒完沒了。

志隆則是趕緊叫救護車，把媽媽送到醫院。

# 24

# 等等我

媽媽被送到醫院之後，休養了幾天。

媽媽拗不過志隆，就開始做化療了。

可是做化療其實是很需要體力、很累的一件事情。

而且媽媽自從知道得癌症之後，整個人愈來愈瘦，本來已經很瘦的媽媽，現在看起來簡直就是要消失在空氣中的樣子。

媽媽在注射化療時，志隆就在旁邊的位置上靠著。

不知不覺也睡了起來。

他看見他和媽媽、外婆，都在一棟體育館裡面。

他們三個人各自在一個跑道上。

慢慢的，他們跑了起來。

外婆跑第一個、媽媽第二名，志隆則是墊底。

而且媽媽就一直追著外婆，志隆則是追著媽媽。

跑著、跑著，志隆發現外婆和媽媽突然穿過了體育館，而且騰空的飛了起來，跑道也飛了起來。

「媽媽，等等我啊、等等我啊……」志隆在後頭苦追著，並且喊著媽媽。

不過媽媽卻頭也不回的往前奔跑。

志隆在後頭追得很辛苦，滿眼是淚。

醒來後，志隆心裡頭很明白……

媽媽是已經走了。

果然，醫生前來告訴志隆這個消息。

志隆反而很冷靜的跟醫生點點頭，彷彿他早就知道了這件事一樣。

家裡的親人都一直告訴志隆。

「你媽媽真的是個有福氣的人，發現癌症的時候，已經是第四期了。如果她一開始就看對，可能會受很多罪，接受各式各樣的治療，這樣走得多瀟灑，多快活，有個性！」小舅和大舅都這麼說。

因為媽媽愛漂亮，交代不要讓其他人看到她的遺體。

她自己也知道，後來瘦到不成人樣，也就不希望其他人看到她這個樣子。

這天，志隆還在忙媽媽喪事的事情。

大舅來找他。

「大舅，怎麼有空來了！」志隆問著大舅，這是大舅第一次來到志隆的家。

「志隆這是你自己的房子，你這個年紀的年輕人，現在可以這樣子，真的是很不簡單了！」大舅稱讚著志隆。

「不是我一個人，回頭想想，這一路上，還好有大舅、外婆這麼多的親戚照顧我，要不然我也不會有今天。」志隆對於大舅一直有種親如父子的親密。

「大舅今天是來講三點的嗎？」志隆笑著問大舅。

「喔！不是，今天是拿一些舊照片來給你。」大舅笑道。

「什麼照片啊？」志隆問起。

「之前幫外婆整理她的舊東西，整理到很多妳媽的照片和物品，想說拿來給你，讓你留作紀念。」

「真的嗎？我們家我媽的照片很少耶！」志隆說道。

「都是你媽很年輕時候，黑白的照片。」大舅解釋著。

「哈哈哈……」志隆看著那些舊照片，大笑了起來。

「是真的很可愛啊！」大舅也笑道。

「謝謝大舅跟外婆對我很好、對媽媽很好。」志隆再次的跟大舅感謝著。

「不要這麼說，我們是家人。」

「不過……」

志隆問著大舅：「什麼事啊？」

「倒是你，你要一個人住在這裡嗎？」

「還是要接你爸爸來這裡住呢？」

大舅關心的問著志隆。

「反正我爸下船後，都去我阿嬤家住，也沒必要接他來吧！」志隆冷冷的這樣說著。

「他是你爸，是你現在最親的人啊！」大舅關心的說道。

「可是大舅，我跟你還比較親，你還比較像是我爸！」志隆這麼說著，這是實話，並不是矯情。

「去邀他來吧！」大舅建議著。

「你覺得真的要這麼做嗎？」志隆反問著，而且態度不太積極。

「志隆，這幾年，我們經歷過外婆的過世、你媽的過世……」大舅說著這幾年發生的事情。

「你不覺得很奇怪嗎？」大舅反問著。

「有什麼奇怪的地方？」志隆說道。

「你記得你媽在奶奶的病床旁，不斷的後悔，覺得她做得太少、做得太晚……」大舅提及這一幕。

志隆點了點頭。

「人真的很奇怪，總是要到失去的時候，才會想到後悔！」大舅說道。

「唉……」志隆嘆了好大的一口氣。

「大舅不希望你的人生有後悔的事。」大舅建議著。

「大舅希望你的人生能夠體會到更多的圓滿。」大舅繼續說著。

「嗯……」志隆低頭不語。

「可是我爸跟外婆、媽媽、大舅都不一樣啊！」志隆反駁著。

「我從來沒有看過一個男人這麼沒有責任感的！」志隆數落著自己的爸爸。

「我媽媽是因為他才這麼慘的！」

志隆對爸爸的許多行徑，批評起來都是不留情面的。

「你有聽過你媽媽批評過你爸爸嗎？」大舅反問著。

「對耶！沒有耶！」志隆突然想起來，真的是這樣。

「是啊！唯一有資格這麼說的，只有你媽，她都沒有說的話，我們其他人有什麼資格說呢？」大舅解釋道。

「你看……」大舅指著一張媽媽的黑白照片。

「這是……」志隆問著、並且看著。

「天啊！這是我爸和我媽的合照耶！」志隆驚聲尖叫。

「是啊！你看過你媽這麼快樂的樣子嗎？」大舅問著。

的確，志隆看著照片裡頭的媽媽。

原本以為，之前去巴里島時，是媽媽笑得最開心的時候。

但是黑白照裡面的媽媽，看起來更是明麗動人。

「在你媽媽跟你爸的關係中，或許她已經得到她要的了！我們也就不要自以為義的去批評另外一方，我們沒資格，也不清楚究竟啊！」大舅說著。

「更重要的是，發生在你和你爸之間的事情，也很重要啊！」大舅說道。

志隆若有所思的點了點頭。

# 25

# 重修舊好

志隆的爸爸參加完葬禮後，又上船去了。

等到再回來台灣靠岸時，已經是半年後的事情。

他鼓起勇氣、來到志隆的房子看他。

「爸爸……」志隆叫了他一聲。

「你好！」爸爸也應了一句。

看到志隆忙進忙出的，爸爸忍不住問他：「在忙些什麼啊？」

「整理房子！」志隆回答。

「是啊！媽媽走了以後，你就一個人住了，當然要整個整理一下。」爸爸笑著說道。

「喔！不是啦！」志隆搖搖頭。

「怎麼了嗎？」爸爸反問著。

「是我這裡會多一個人來住，我要整理一下，才好讓人家來住！」志隆這樣說著。

「你交女朋友囉？」爸爸得意的笑著。

「沒有啊！哪來的女朋友？」

「你要分租給別人喔？」爸爸問著。

「不算是，我不會跟他收房租的。」志隆自己笑得很大聲。

「是朋友要來寄住囉！」爸爸又問。

「不算是朋友啦！」志隆答道。

「找人來一起住，要小心點，把人家的背景查得清楚一點，不要隨隨便便找人來，省得惹上麻煩？」爸爸小心叮嚀道。

「我對於他的背景很熟啊！」志隆說道。

「很熟，但是不是朋友？」爸爸一臉狐疑。

「對啊！是很熟，但是不是朋友。」志隆自己愈說愈好笑。

「誰啊？」爸爸忍不住問了。

「喔！你現在就要問喔！可是我的房子還沒有整理好耶！嗯嗯……好吧！好吧！」志隆自言自語的說著。

於是志隆站了起來。

他很紳士的問道：「爸爸，有沒有這個榮幸，邀請你跟我一起住呢？」

爸爸半晌說不出話來。

等到爸爸回過神後，他只能點點頭、哽咽的說著：「兒子啊！謝謝你收留我這個囉唆的老頭子！」

這個時候，志隆的心裡，終於比較能夠明白，大舅說的圓滿是什麼了。

恨了爸爸那麼久，看到面對自己的這個老人，志隆的心裡只有暖流，沒有其他的東西了！

# 培育文化讀者回函卡

謝謝您購買這本書。

為加強對讀者的服務，請您詳細填寫本卡，寄回培育文化，您即可收到出版訊息。

書　　名：**媽媽請為我活下去**

購買書店：__________市／縣____________書店

姓　　名：________________________

身分證字號：____________

電　　話：(私)__________(公)__________(傳真)__________

地　　址：□□□ ______________________________

E - mail ：______________________________

年　　齡：□20歲以下　□21歲～30歲　□31歲～40歲　□41歲～50歲　□51歲以上

性　　別：□男　□女　婚姻：□已婚　□單身

生　　日：______年____月____日

職　　業：□①學生　□②大眾傳播　□③自由業　□④資訊業　□⑤金融業　□⑥銷售業　□⑦服務業　□⑧教　□⑨軍警　□⑩製造業　□⑪公　□⑫其他

教育程度：□①國中以下（含國中）　□②高中　□③大專　□④研究所以上

職 位 別：□①在學中　□②負責人　□③高階主管　□④中級主管　□⑤一般職員　□⑥專業人員

職 務 別：□①學生　□②管理　□③行銷　□④創意　□⑤人事、行政　□⑥財務、法務　□⑦生產　□⑧工程

您從何得知本書消息？

□①逛書店　□②報紙廣告　□③親友介紹
□④出版書訊　□⑤廣告信函　□⑥廣播節目
□⑦電視節目　□⑧銷售人員推薦
□⑨其他

您通常以何種方式購書？

□①逛書店　□②劃撥郵購　□③電話訂購　□④傳真訂購
□⑤團體訂購　□⑥信用卡　□⑦DM　□⑧其他

看完本書後，您喜歡本書的理由？

□內容符合期待　□文筆流暢　□具實用性　□插圖
□版面、字體安排適當　□內容充實
□其他

看完本書後，您不喜歡本書的理由？

□內容符合期待　□文筆欠佳　□內容平平
□版面、圖片、字體不適合閱讀　□觀念保守
□其他______________________________

您的建議

______________________________

______________________________

剪下後請寄回「221台北縣汐止市大同路3段194號9樓之1培育文化收」

請用膠帶黏貼

請貼郵票

2 2 1-0 3

台北縣汐止市大同路三段 194 號 9 樓之 1

**培育文化事業有限公司**

**編輯部　收**

請沿此虛線對折貼郵票，以膠帶黏貼後寄回，謝謝！

為你開啟知識之殿堂

培育文化

培育文化